向阳而生

高 方 著

中国海洋大学出版社
·青岛·

图书在版编目(CIP)数据

向阳而生 / 高方著．—青岛：中国海洋大学出版社，2024.2

ISBN 978-7-5670-3803-5

Ⅰ.①向…　Ⅱ.①高…　Ⅲ.①纪实文学—作品集—中国—当代　Ⅳ.①I25

中国国家版本馆 CIP 数据核字(2024)第 040878 号

XIANGYANG ERSHENG

向阳而生

出版发行	中国海洋大学出版社		
社　　址	青岛市香港东路 23 号	**邮政编码**	266071
出 版 人	刘文菁		
网　　址	http://pub.ouc.edu.cn		
电子信箱	1193406329@qq.com		
订购电话	0532-82032573（传真）		
责任编辑	孙宇菲	**电　　话**	0532-85902349
印　　制	青岛国彩印刷股份有限公司		
版　　次	2024 年 2 月第 1 版		
印　　次	2024 年 2 月第 1 次印刷		
成品尺寸	140 mm × 203 mm		
印　　张	6.75		
字　　数	158 千		
印　　数	1 ～ 1000		
定　　价	36.00 元		

目录
Contents

一位华侨的乐善人生

仲崇辉是20世纪80年代回国创业的华侨，他曾被人称作“自行车董事长”。他拥有12家子公司，却吝啬到不浪费一张卫生纸，但得知社会上有人需要救助，10万元、20万元……再多他也毫不吝啬地捐出去，2023年他获评“山东慈善奖”。

从1988年捐出第一笔帮扶款，30多年来，仲崇辉累计捐出善款2000多万元，而这个数字的上升并未终止。

（一）

与仲老成为忘年交始于2022年底的采访，那是我第一次约见仲老。我们约好早上8点在他家附近的黄海饭店咖啡厅见面。

8点钟他准时给我打电话，问我到哪了。由于路上堵车我晚到了几分钟，等车子到达黄海饭店门口时，我从车窗里看见一个老人戴着帽子、裹着大衣独自站在门口，那便是仲老。

我赶紧下车搀扶住他，无意中触碰到他露在大衣外面的手，冰冷得有点发抖。他并没有因此生气，用平静的语气说：“疫情防控期间，咖啡厅不营业了，改去我家吧。”他还说，自己有提前十分钟到达约定地点的习惯，也就是说他站在腊月寒风里已经等了十几分钟，这让我惭愧万分。

此后，每次约见仲老，他总是把见面的地点定在家里的书房。

他的书房干净整洁，书桌上摆着一个装饰古朴的台灯。

我与仲老通常坐在一张客桌的邻近对角，眼前的他喜欢戴一顶素格子礼帽，身着灰色翻领衫，虽已是84岁高龄，但腰杆笔直，一副金丝眼镜后，双眼炯炯有神。

他说话语速虽慢，但声音中气很足，对往事的记忆分毫不差，具体到哪一年、哪一个人名，张口即来。只是有些耳背，交流起来需要凑近他身旁，且提高声量。

与仲老聊起一桩桩往事的间隙，我抬眼看向一尘不染的书架，其中一格摆着一张他的单人照，那是他60多岁时拍的，双手交叉放在膝盖上，端系领带，微笑的眼神坚定地注视前方，倒像是50岁的模样。

就是这样一位散发着儒雅之气的长者，30多年来，已经累计捐款2000多万元。可是，谁又能想到，他还有着与慷慨捐款截然不同的另一面。

仲老的夫人有时跟我絮絮地说着他的生活琐事，从她的话中我得以还原一个极其节俭的老人，冬天的衣服不超过10件，只占了家里一个橱子的空间。其中一件翻领长袖衫穿了20多年，黑色领子虽掩盖了岁月的痕迹，但橘色、黑色、灰色格子交错的配色，却暴露了年代感。这时，仲老总是站在一旁笑着端详："挺好的，还能穿。"

说起仲老的节俭，家人都能举出很多生活小事来佐证。"买衣服超过200元钱，他就要好好考虑一下，再决定买还是不买。"夫人笑称他花钱的"底线"是200元。

照顾他的家政大姐印象最深的就是，每次吃饭前，仲崇辉会把一张餐巾纸撕成两半，给夫人和家政大姐两人一人一半。而仲崇辉吃完饭碗很干净，"一粒米都不会剩。"

“我从来不浪费，不能浪费。”仲崇辉应声道。

（二）

1937 年，仲崇辉出生于烟台蓬莱。1 岁时跟随父母举家搬迁至青岛。20 世纪 80 年代，哥哥作为电脑工程师赴美国工作。当时正值改革开放初期，国内兴起了一股出国留学淘金热，1986 年，仲崇辉跟随哥哥赴美。

“去了美国，才发现自己是文盲。”回想起当年的经历，仲崇辉感慨万千，“我上学时学的是俄语，对英语一窍不通；专业是机械工程师，美国当时全是机电一体化，需要电脑控制，专业特长也发挥不出来。”

对于曾就职于国内一所能源研究所的仲崇辉来说，“文盲”一词用得有点夸张，但那个年代中美发展差距下的不适应，却是真实存在的感受。

在美国打工一年，1987 年底，仲崇辉带着打工积攒的 3 万美元回到青岛。不久，青岛市侨办和侨联的负责同志找来，动员他出面筹办一家侨资企业。当时广州、深圳等地的侨资企业发展得红红火火，为当地经济发展注入了巨大的活力，而青岛在这方面基本是空白。

仲崇辉第一反应是拒绝的，“那时没有融资市场，资金都是从自己口袋里省出来的，真金白银都是自己挣的钱，要是亏了怎么办？我又没经商经验，不敢接这事。”

“你放心大胆干，政府全力支持你！”政府筹办此事的坚毅决心，最终消除了仲崇辉的顾虑，他决定挑起这个重担。

仅用 4 天时间，青岛的归侨侨眷就集资 35 万元，创办了青岛华侨实业股份有限公司，仲崇辉任董事长。“35 万元是几百个人凑出来的，我算是‘大户’，出了 1 万元。”

创业初期，自行车成了仲崇辉出门跑业务的标配。“自己没有摊位，需要‘借水行船’啊，要去和别人的摊位谈合作，代理销售我们的产品。”中山路、辽宁路是他每天骑着自行车行进的固定路线，从进口的冰箱、电子零部件，到南方订购来的时髦服装，都是他们销售的货品范畴。

彼时，国内的大环境仍以计划经济为主，而仲崇辉带回来的不仅仅是进口商品，更是冲破传统的闯劲。他打破固定工资的上限，在报纸上登广告公开招聘，“当时国有企业、集体企业都是按级发放固定工资，不能随意调整。但在华侨公司，业绩说了算，干得多就挣得多。”

曾经有一个政府部门的副局级干部被仲崇辉挖了过来，在原单位他每月几百元工资，来华侨公司工作以后每月能发 3000 多元。

1988 年，仲崇辉听说有一个在河南工作的化学工程师，因为家是平度的，想回青岛创业。仲崇辉毅然招至麾下，并投资 10 万元，成立了青岛华侨实业股份有限公司华侨化学厂，任命其为厂长。这个人叫朱振华。后来的事实证明，仲崇辉的眼光没错，朱振华一路将润滑油事业做大，并让康普顿石油化学有限公司成功上市。

“化学厂刚起步时，他就在湛山小学旁边寻了一个小平房，是学校荒废不用的伙房，那里租金便宜。”朱振华领头做化工产品，可谓一穷二白、两眼一抹黑，都是自己闷头研发，经历了很多次失败，但仲崇辉相信他是匹黑马，“我认准这个人了，失败我也支持他。”

仲崇辉还敲定了激励政策——华侨公司下属的分公司可以分红 50%。这个力度在当时是罕见的，大家的积极性一下被调动起来了。“养鸡生蛋”，政府也为效益连年增长的华侨公司减免了大部分的税收，使得它能茁壮成长。

在“自行车董事长”的带领下，华侨公司发展成了一家拥有12个子公司、集科工贸于一体的综合性公司，7年时间效益增长了30多倍。1996年，华侨公司与海尔集团关联持股时，其总股本审计为1700多万元。

“华侨公司办公区大厅贴着一幅醒目的标语——凡是能完成的事情，一定要卓越地去完成。一进门就能看到。每年公司开年会，我都要把这句话当作考题来考的。”仲崇辉笑着说，在他的人生词典里，“卓越”二字是要被加粗标注的。

1993年，仲崇辉当选为政协第八届青岛市委员会常务委员；1995年，当选为青岛市十二届人大常委会委员。履职8年，他为青岛经济的发展献言献策，贡献了很多可借鉴、可实践的“华侨经验”。

（三）

鱼与熊掌很难兼得，人生没有完美。在事业上能够一路披荆斩棘的他也没能成为例外。

仲崇辉的大女儿是一名残疾人。正因如此，他深知残疾人家庭所承受的压力和痛苦，也比普通人多了一份担当。

1988年，仲崇辉无意中得知青岛有一名50多岁的大姐收养了几名残疾儿童，深受触动的他多方打听，找到了这位好心大姐，送去了善款、食品和学习用品。

这是仲崇辉捐出的第一笔帮扶款——如果说这是他救赎自己痛苦心灵的开始，那么此后，他在“乐施”这条路上愈行愈远，一步步从小爱走向大爱。

2001年，仲崇辉注意到媒体上刊发的一则求助信息：青岛建工学院（现青岛理工大学）的一位青年博士突发脑血管破裂，其治疗的关键性药物GM-1价格昂贵且需个人负担，整个家庭因治病债台高筑，陷入窘境。仲崇辉立马联系媒体，向他捐款10800元。

当时，仲崇辉通过媒体真诚地呼吁："现在国家正亟须人才，培养一个科技尖端人才不容易。建工学院的这位博士在学术上颇有造诣，肩负着环保方面的重要研究课题。他的困难由一个家庭、一个学校来解决很困难，但要全社会的人来帮助解决就容易得多。"

2008年9月的一天，仲崇辉看到了媒体刊登的一则新闻：在青打工的日照莒县小伙于春成被确诊为慢性粒细胞白血病，好不容易骨髓配型成功后，却止步于20万元的手术费。一个农村家庭出身的打工小伙，求遍亲戚朋友也只凑齐了5万元，剩下的15万元对他来说，无异于天文数字。

"那天，仲老去医院看我们，我们正打算收拾行李离开医院，因为付不起医药费，我准备放弃治疗。"2008年9月，于春成还记得第一次在病房里见到仲崇辉的场景。

仲崇辉不但帮于春成交上了15万元的治疗费，更为了激发于春成对生活的信心，和他签订了一份"诚信协议"：如果骨髓移植手术成功，于春成需要按照承诺还款；如果手术不成功，仲崇辉分文不会追索。

2009年3月，经过6个多月的治疗，于春成终于闯过了生死关，病愈出院。同年4月17日下午，仲崇辉刚刚从海外归国，就行色匆匆地赶到了日照市莒县陵阳镇于家村，探望于春成。

"仲老来了！小于的救命恩人来看他了！"不但于春成一家人很激动，村里的父老乡亲们也早早就等在了村口，等待着欢迎这位好心人。

“小于是我回国后第一个想见的人。”仲崇辉一踏进于春成家的门，就紧紧握住了他的手。

“当时觉得仲老的手特别温暖，带着全家人就想给他下跪，仲老一下把我扶了起来。”于春成说，此前身居海外的仲崇辉经常通过国际长途电话了解他的病情，鼓励他要坚强。

于春成夫妇共同为仲崇辉绣了一幅两颗爱心图案的十字绣及几双鞋垫，“我们这里穷，也不知道该送给仲老什么才能表达我们的感激之情，这些东西虽然有点土气，但是我们俩一针一线做出来的，只是表达一份心意。”

病愈后不久，于春成就前往韩国打工，在韩国京畿道南阳州市的一家中华料理店做厨师长，一天工作 12 个小时，一个月能挣 10000 多元。“和仲老签订诚信协议后，2012 年 5 月我还上了第一笔 10000 元，最后一笔钱是 2020 年还完的。”于春成没有辜负仲崇辉的信任，在签下“诚信协议”的第 11 年，还上了全部 15 万元救命钱。每年回国时，于春成都会带着家乡特产煎饼和绿茶，到青岛看望仲崇辉。

可就在日子渐渐有起色时，于春成家里接连遭遇变故：母亲因癌症去世，父亲 2021 年又查出癌症，妻子还遭遇过一场车祸。“因为疫情原因，已经两年没回国了，在异乡就想努力挣钱，把生活过好。”生活最难的时候，于春成始终记得仲崇辉的鼓励：“好好工作，好好挣钱，将来有能力了去帮助他人。”

于春成知道，仲崇辉不但是一位无私奉献爱心的人，也是一位特别重视感恩的人。前段时间得知一位在韩国生活的故友家庭有困难，他便委托于春成转交了 1 万元钱。“仲老的这位故友曾经在美国开过饭店，当时仲老刚去美国打工，没地儿吃饭的时候，这个朋友无私地帮助过他。朋友现在已经去世了，但是仲老一直关注着他的家人，听说朋友的孩子有困难，他在国内兑换韩元不方便，就委托我将 1 万元人民币兑换成韩元交给他。”

受到仲崇辉的影响，于春成想攒够钱后开一家小饭馆，“当时在青岛工作、住院期间，包括仲老在内的很多青岛好人都帮助过我，我对青岛非常有感情，希望将来有一天我能用自己的方式，回报好心的人们。”

（四）

2019 年，仲崇辉了解到即墨区祥泰残疾人托养中心关心帮助残疾人的事迹。这所山东省内都颇具规模，设施与功能较为完善的综合性残疾人服务机构，是残疾人交口称赞的“救助方舟”。创办人吴爱华十年如一日，为 700 多名残疾人提供集中安养，为 3000 多名残疾人提供服务。

被创办这家机构的负责人吴爱华和一些爱心人士的善行深深感动，2019 年 4 月 29 日，仲崇辉出资 200 万元人民币设立了“仲崇辉仲晓斐”慈善基金，定向用于即墨区祥泰残疾人托养中心建设。这份以自己和女儿名字命名的基金，是青岛市慈善总会签约建立的首个百万元个人基金。2021 年，仲崇辉再次向托养中心捐赠了 130 万元善款用于建设。

“我了解很多残疾人家庭都承受着巨大的经济负担和压力，希望我的一点帮助，能够解决他们的一些困难。”仲崇辉说。

2022 年下半年，刚刚从国外返回青岛的仲崇辉先后两次联系媒体，一次是救助身患癌症的 11 岁男孩鲁佳添，表示可以为孩子的手术费“兜底”；一次是为渐冻症双胞胎姐妹赵文静和赵雅静的父亲捐助 10 万元手术费。

仲崇辉是从媒体上注意到了崔淑鹏一家人的遭遇的——

崔淑鹏有一对双胞胎女儿——赵文静和赵雅静，2001 年两姐妹 4 岁时，被确诊患有神经运动损伤，也就是俗称的“渐冻症”，体力不支，只有手指能活动。

20 多年来，崔淑鹏和丈夫赵建利没有放弃，带着女儿们翻译杂志、写剧本，帮她们追梦，自驾到全国各地旅行，推广公益阅读，让她们的人生比普通人更精彩。身为这个家庭顶梁柱的赵建利，被女儿们亲昵地称作“胖爸爸”。

2022 年 10 月 25 日，“胖爸爸”突发急性胰腺炎的消息经媒体报道后，崔淑鹏陆续收到了很多好心人的捐助，仲崇辉的 10 万元捐款是其中最多的一笔。

“记者打来电话，说仲老要给‘胖爸爸’捐款 10 万元时，我正坐在医院 ICU 急救室外，那时他已经昏迷了好几天，最高血压只有 50，加压泵都上不去。”2022 年 11 月 18 日，在崔淑鹏的记忆中是阴沉沉的，突然接到的这个消息却像打开的窗子带来一缕阳光。

“孩子们知道这个消息后，第一反应是：这是真的吗？”虽然素未谋面，但崔淑鹏对仲老却早有所耳闻——“是一位捐款无数的好人”。

接到仲老捐款后，当天晚上全家做了一个决定：申请捐献眼角膜。“其实‘胖爸爸’生前，全家人出去旅游，在填意外险时就有过一个共识，如果有一天遭遇意外，要捐献遗体。但是他的身体被病魔掏空了，最后只有眼角膜可以捐献。”

“胖爸爸”后期的病情恶化太快了，虽然医生多次向一家人明确表示要有思想准备，但是崔淑鹏觉得应该相信“胖爸爸”，“他以前总说自己是钢铁战士，不会轻易倒下。我们也不愿往最坏的地方想。”

接到仲老捐款的第二天，11 月 19 日，“胖爸爸”停止了呼吸，永远地离开了这个世界。“‘胖爸爸’肯定能感觉得到，有这么多人帮助我们，特别是一位没见过面的仲爷爷。他放心地走了。”崔淑鹏哽咽地说。

家里失去了顶梁柱，四口人永远缺了一人，命运又给了这个苦难的家庭一记重拳。“之前家里是两个人在照顾孩子们，‘胖爸爸’承担了家里所有的体力劳动，比如买菜、做饭、搬动孩子们和轮椅，现在是我一个人照顾两个孩子，确实很吃力。”前几天给孩子们洗头发，崔淑鹏就把住在附近的同学叫来，一起忙活了半天才完成。

如果说白天的忙碌还能填补时间，最难熬的便是夜晚，房间里只留下清冷的月光，“想他想得整晚都失眠。”崔淑鹏黯然地说。幸好孩子们给了她极大的鼓励，“姐妹俩每晚睡前都给我做心理辅导，她们以前自学过心理学，还告诉我可以通过写日记的形式，记录对爸爸的思念，这也是一种分解压力的方法。”

12 月 3 日，“胖爸爸”离开整整两周。姐妹俩参与编写的儿童话剧《卡卡历险记之许愿金球》在冬日的剧场里欢乐上演，海报的宣传语中写道：“我们总会承诺陪伴，而时间总是不够。”

姐妹俩新创作的一首歌词里也藏着对父亲的思念：“应该美满结局的文章 / 缺失了关键几行 / 思念断线随风流浪 / 融入荧光 / 低吟浅唱……”

“胖爸爸”离开的日子里，一家人各自小心地藏起悲伤，相互扶持，坚强前行。

“爸爸常说，我们受到了别人的帮助，也应该将这份爱回馈给更多人。”化悲痛为生活前进的动力，崔淑鹏一家决定用仲老的捐款继续完成“胖爸爸”的遗愿：建公益书屋。“家里的藏书有两三千册了，爸爸生病前，我们一直在找房子，原本打算去崂山区找一间带院子的房子做书屋。现在爸爸走了，我们没法去太远的地方办书屋，就打算把现在住的家改成书屋，继续推广读书活动。”得知这个消息后，仲崇辉又捐赠了10万元，支持孩子们创办爱心书屋的决定。

“难关是生活的常态，我们每一个人都应该直面它，闯过去，爬起来再去好好奋斗。”伸出搀扶的手，仲崇辉希望传达给受助者更多的力量与信念。

为了表达对仲老的感谢，孩子们还手写了一封信：“感谢仲爷爷在我们最需要帮助的时候，点亮希望的灯火，帮我们度过黎明前的黑夜。仲爷爷传递的希望火种，我们会用剩余的部分完成爸爸的遗愿，建立一个公益书屋，让更多的孩子能够免费读书，以书会友，让爱传递。”

（五）

“捐助金钱只是一种形式，”仲崇辉更希望给予受助者一份精神上的鼓励，“我们每一个人都要坚强，历经重重困难，依然要努力过好每一天。”

在仲崇辉的记忆中，父母非常重视教育，家里再穷也要供孩子读书，包括仲崇辉在内的三个子女均是大学毕业。父亲临终前留下遗愿，要为家乡的教育事业做点事情。2019年，仲崇辉向家乡的烟台开发区第五初级中学捐出了最大的一笔善款——1000万元。

“学校是新建的，建成后主要招收蓬莱、福山等地区的孩子们。因为资金问题，学校一直没有食堂，我就捐了1000万元建一座楼，孩子们可以吃饭，也可以学习。”仲崇辉捐建的这座教学楼被命名为“伟尚楼”，不久前刚刚竣工。

面对自己屡次解囊，仲崇辉的想法很简单：“金钱是身外之物，它能发挥作用，才是有用的。我从来不浪费，一张卫生纸、餐巾纸，一粒米我都不浪费。但是社会有人需要救助，10万、20万……再多我也会毫不吝啬地捐出去。”

看到仲崇辉一次次大手笔的捐助，有人好奇，他是如何创造财富的？仲崇辉财富的积累，不可忽视一个背景：1990年12月后，上海证券交易所、深圳证券交易所相继宣布开业，拉开了中国股票交易的序幕。

“我认准中国股市一定有好的发展，随着中国经济的迅猛发展，前景一定非常广阔。”20世纪90年代，仲崇辉将自己早年出国打工的积蓄投入股市，投资的股票中有两只是青岛企业发售的，“那时青岛啤酒的股票，一股一块钱，海尔股票是9毛9分钱一股。”

“我从来不紧盯着股市，买完就放着，三年五年不看一眼。”投资股票却不看股市，与其说是仲崇辉对自己的选股有信心，不如说是对中国企业有信心。“买定”中国经济市场大有可为的发展前景，仲崇辉收获了改革开放的“红利”。

对外人“出手”大方的仲崇辉，还有一本和别人不同的“教育经”。面对来自家族内部子孙辈的求助，他曾表示：“创业我是支持的，但不支持直接给你钱，去享受或改善生活。”

子孙辈里有人开出租车，仲崇辉会资助他买辆车；有人懂美容，他拿出几十万元资助其开美容店；有人学平面设计，他支持几十万元开平面设计公司……“年轻就应该去奋斗，只要是搞事业，我都会支持。”仲崇辉对年轻人的创新创业，总是抱有乐观积极的态度。

当初“买定”中国经济市场大有可为的发展前景，他收获了改革开放的“红利”，这些年他又将“红利”回报社会。

那天采访接近尾声，聊了个把小时的仲崇辉谈兴正酣，他倚在靠背上，意味深长地说："我捐几万，你捐几百、几千，没有什么区别。如果钱不足够多的话，那给人一个微笑也是很好的，只要我们尽力，人人都是能做慈善的。"

"只要人人献出一点爱，这就是一个温暖的人间。"仲崇辉身后，书房的玻璃将远处葱翠的小鱼山定格成一幅画，阳光照进屋子，洒了一地暖阳。

神枪女警

枪名“92式”，口径9毫米，备弹15发；她身在5米开外，单膝跪地，屏气凝神，抬手一枪，一颗直径5毫米的钢钉被瞬间打进木板！板上钉钉，技惊荧屏内外，全网视频播放量过亿，从此，“江湖”上有了她响当当的名号——“钉子姐”。

“钉子姐”孙陶，原山东省青岛市北公安分局的一名民警，现已被聘为中国人民公安大学驻校教官。在央视《警察特训营》里亮出自己的一手“神枪绝技”后，一战成名。

自2017年第一次参加节目，孙陶已经连续参加了四季《警察特训营》节目制作，第二季挑战了5米打钉子、8米横切扑克牌和75度仰角射击无人机挂气球，第三季挑战3米打水滴，第四季是5米开外命中钉子尖，第五季是5米一枪打灭5根蜡烛。最让人惊叹的是“神射”，均为首发命中。

（一）

2017年，孙陶第一次走进央视演播厅。

站在舞台一角的她，拘谨得直搓手。不断有推着摄像机的工作人员从她身边走过，喊道：请让一下……

明晃晃的舞台灯耀得她眼睛都有点睁不开，《警察特训营》栏目组正在进行录制前的准备工作。

“你是孙陶？”手拿着对讲机的导演快步迎面走来。

“嗯，导演，你好……”孙陶微微鞠躬，伸向导演的手紧张得满是汗渍。“前天接到您电话，昨天我坐早班的飞机就到北京了。”

《警察特训营》节目，是中央广播电视总台央视社会与法频道与公安部宣传局合力打造的全国首档警察竞技类真人秀节目。每年一季的节目播出，均获得全国观众强烈反响和称赞。这档节目在全国范围内选拔公安一线不同警种的精英参加录制，涉及刑侦、消防、治安、特警、搜救、交通等诸多一线警务领域，立体呈现人民警察苦练基本功，以良好的职业素质和高超的职业技能，更加出色地完成国家与人民赋予的光荣任务。

当时还是一名普通民警的孙陶向节目组邮箱投送了自己的简历。报名后不久，孙陶接到了节目组一个出人意料的电话：“我们看了你的射击成绩，决定把你从学员升级为教官，需要尽快到北京开始录制。”

“嗯……好的……”孙陶大吃一惊，愣了好久才想起来接话。

这份让节目组相中的简历，的确惊艳：连续参加了 8 届全国公安系统的射击比赛，多次获得精度射和速射的冠军。彼时，孙陶在业内已是战绩赫赫、公安部官方认证的“神枪手”。

录制当天早上，孙陶早早站在摄制组的场地内，心里像揣了面小鼓一直在砰砰地响，只在训练场上打过十环靶，极致射击是什么，她也是刚刚听说，一头雾水。她提前被告知今天录制的内容是打钉子。

与孙陶一样，第一次尝试设计这些极致射击的项目，导演也是摸着石头过河。

导演问道：“你能打几米？”

“镜头再离近点，灯光师就位了没有？”不远处，现场摄制组正在忙碌着做录制前的准备，嘈杂的声音像一声声紧张的哨声。

孙陶脑子里一片茫然，她摇摇头说：“没打过呢，没经验。”

导演说：“我给你放5米吧，要不你先试试？”

“行，5米就5米。”孙陶机械地应答着。

她低头看了一眼手里的枪，这是一把节目组提供的92式手枪。枪就像枪手的伙伴，生面孔总抵不过老熟人配合默契。

“没校枪呢，不知道顺手不。”孙陶心里暗暗想。

她站上舞台，走向中央射击区，迎面立着一块木板，木板上嵌着一颗5毫米的钉子，需要用子弹击中钉子，将它楔入。

“请大家靠后点，我先试试，一会儿别打飞了子弹。”孙陶回头对围拢在四周的摄制组工作人员说道，示意他们保持安全距离。

她深吸一口气，调整呼吸，屏息，一股气流自上而下努力压抑心跳，让它慢慢恢复平静的节奏。

射击原理是瞄区不能瞄点，只要在一定区域内就可以大胆击发，自然响枪。人控制枪，枪不可能是不动的，两手一握枪，肯定就是一个自然晃圈儿。要晃动在那一个点上，控制在这个点上响枪就很难。

孙陶在心里默念：准星缺口！她的眼睛死死盯住准星与缺口的重合点，站在5米开外，打这颗5毫米的钉子，视力回收其实已经看不清钉子了，只能凭记忆、凭感觉！

她缓缓举起手臂，抬起手枪，扣住左手的右手手指轻微地调整了一下姿势，备弹15发；她单膝跪地，专注的眼睛聚了一下光，“啪”一声枪响，钢钉瞬间被打进木板！

“哇——”摄像机后面的工作人员身体不自觉地往后倾倒，嘴巴惊得大张，有人揉了揉眼睛，眼睛聚光成一条缝仔细辨认了一下。没错，首枪命中，这真是令人难以置信的画面！

短暂寂静后，现场爆发出一阵雷动的掌声。

孙陶射击钉子的节目视频在央视播出后，迅速被各大网站转播，一度达到了上亿次的播放量。孙陶火了，“钉子姐”的名号“破圈”了。

孙陶连同“极限射击”，一下打响了知名度。比起赛场上瞄准十环靶心的射击现场，它更具有趣味性和挑战性，这种新鲜感像一块巨大磁力的吸铁石，牢牢吸引了观众的关注。

(二)

“再设计个什么项目呢？”看到节目播出后的热度一路飙升，导演既兴奋又有压力。难度和花样肯定是要越来越有看头，导演也犯了难。

最终，导演设计了一个打扑克牌的项目，他拿来一摞扑克牌，立起薄薄的一张，然后塞给孙陶两盒子弹，“今晚你什么时候把它撕开，咱就可以收工了。”

一张扑克牌厚度约0.2毫米，射出的子弹要像剪刀一样，从侧面把它拦腰斩成两截，而不是从正面击穿它。所有人都认为这是一项极难挑战成功的任务，摄制组连盒饭都买好了，大家席地而坐，准备好通宵打持久战。

四周声音嘈杂，摄像机器摇臂吱吱格格地攀升，有人在调整机位，大声喊道：镜头再近点，再近点……

在众人的注视下，孙陶屏气凝神。先关上耳朵，屏蔽杂音，再闭上眼睛，清除物像。站在舞台中央，孙陶就像一个站在平行宇宙里的局外人，万物被挡在身外。

这里，只有射击手和一张扑克牌，对峙而立。

“好了，准备好了。”她在心里默念道。

自从上次首枪命中钉子后，孙陶已经很快适应了舞台射击环境，射击的自信找回来了。她活动了一下手指，闭上眼睛拿起手枪，睁开眼睛看了一下准星延长线，身体与枪已融为一体。确定瞄准位置后，孙陶果断扣动扳机，"啪"——子弹出膛，扑克牌瞬间被撕开半拉口子。

"哇——太神奇了！"摄制组的工作人员首先从监视镜里看到了这个射击画面，大声惊呼起来。

撕开一半说明站的位置稍微有些偏，孙陶心里有了底，她微微挪动双脚，调整站姿。远处已换上一张新扑克牌。她果断抬手打出第二枪，"啪"的一声脆响，扑克牌应声从正中间完全撕开！

现场仿佛瞬间定格的画面，空气凝固了几秒钟，所有人不相信自己的眼睛，"收工啦，收工啦！"导演兴奋地直喊，这时大家才反应过来，掌声和欢呼声响彻整个演播大厅。

后来，节目组还设置过一个打无人机挂气球的项目。气球挂在半空中，与地面形成75度仰角。仰角射击并不好掌握，因为子弹飞向半空是一个抛物线。

"这么大的无人机，要是让我给打下来了，那就麻烦了。"孙陶小声嘀咕了一句，比起打钉子和扑克牌，打气球她反而有点放不开了。

"你大胆打，打到无人机，算节目组的。"导演看出了孙陶的犹豫，拍了拍她的肩膀说道。

"那我就放心了。"孙陶吐了吐舌头，调皮地回应着导演。

孙陶站在无人机底下，打量着头顶的气球，转了个圈。她在心里平铺展开一张纸，一支无形的笔，一遍遍演练着子弹射出去的轨迹：打出子弹的枪口不能直对着气球，空中射击轨道是个抛物线，要有一个合适的弧度。

大体计算好技术参数后，孙陶估摸了一下距离，“嘭”的一枪果断向半空中发射。

“气球射中了！”现场一阵欢呼声。

“还好没打到无人机。”比起能不能射中气球，孙陶好像更关心无人机的安全，她捋了捋自己的胸口，长舒一口气。

（三）

参加了两届《警察特训营》，孙陶已经树立起极限射击项目的标杆，人们对孙陶的神奇枪法已是见怪不怪，子弹似乎已降服于这位神枪女警，指哪儿打哪儿。

“对她来说，并没有什么极限吧。”现场的工作人员经常这样小声嘀咕。

《警察特训营》第三季时，孙陶遇到了自己的瓶颈——3 米外打水滴。

设计这个射击项目时，导演已是绞尽脑汁想了无数方案，他问孙陶：“快慢间隔多长时间一滴合适啊？”

孙陶说：“我也没打过，要不一秒一滴，试试吧。”

这个射击项目的装置其实很简单，一个常见的塑料点滴瓶内，装有蓝色的水滴，水滴从点滴瓶内自然坠落，射击者开枪击中水滴。

这一项目的难度在于，射击的瞬间需要屏住呼吸。因为水滴是流动的，有时候一滴水掉落下来，呼吸还没跟上频次，就没法开枪，需要把呼吸先调整到和水滴同频率。

出枪之前，孙陶并没有十足的把握。第一次瞄准时，水滴啪地落了下去，她这正憋好了一口气呢，枪没响，再调整呼吸，又过去了好几秒钟时间。

“嘿，没掐准点。”像蹲守半天的猎人，眼见一只矫兔逃脱，孙陶心里暗暗好气。

水滴下落还有加速度，要提前预判到水滴掉落的地方，子弹正好也到达这个地方。“就挑那个最大的水滴！”孙陶心里已经有了一个瞄准目标。

技术性的参数光想想就觉得难以企及，只能凭感觉了，孙陶决定放手一搏。她憋住一口气，现场安静得掉根针都能听见，孙陶的表情也前所未有地凝重起来。

再次屏息呼吸，她麻利地枪响收枪，连开五枪，几秒时间内完成这一连串动作。

高速摄像机镜头下，子弹击中水滴、水花四射，现场又是一阵雷鸣般的掌声。

被欢呼声淹没的孙陶，许久还保持着开枪的姿势，像被定在那里一样，她还沉浸在精神高度集中的状态里。她的整个后背湿透了，警服上微微浸出一片湿痕。

她的身影像一位拔刀挥剑的大侠，快刀无影，只有身后被劈开的四分五裂的目标物，在凛冽的刀影里黯然落下。

2020年是《警察特训营》开播录制的第五季，节目组设计的射击项目更是达到了难度极限——打蜡烛火焰。火焰刺眼，不断跳动的不稳定性，对射击瞄准干扰极大。

测试阶段，导演先是找来一种长芯蜡烛，燃烧起来火焰高，便于射击瞄准。但是芯儿又过于柔软，子弹击中它时，会左右倒伏。孙陶试着打了几枪，不是前面的蜡烛被打灭，就是后面的蜡烛被打灭，总是跳着灭。最后导演找来一种小烛心蜡烛，它的芯是直挺的，但是瞄准目标较长蜡烛小很多，射击难度其实更大。

在孙陶瞄准的视野里，火苗燃烧速度极快，需要快速出枪并射击。那次节目录制时，她挑战了3次，分别打中3根、5根和10根蜡烛，每次都是首发命中。导演组反复审查，一致认为击中5根蜡烛时观赏效果最佳，最后敲定这组画面播出。

（四）

孙陶一战成名，她的极致射击让很多警界同行都觉得大开眼界。尽管枪法如此传奇，她选择警察这个职业却是阴差阳错的偶然。

孙陶的父母都从事体育教育事业，妈妈曾经是北京女排的主力，爸爸毕业于上海体育学院游泳专业，是国家级游泳教练。孙陶遗传了父母的体育基因，从小的特长是游泳。

年少时的孙陶曾获得过全国游泳比赛第四名，青岛市中小学生游泳比赛第一名，破青岛市年龄组纪录，作为“国家一级运动员”体育特长生，她当年是有机会升入名校的。然而，父母心疼她，坚决不让她未来再从事体育这一行。

“老师和警察，这两个专业可以选一个。”高中毕业选择志愿时，全家坐在一块儿专门开了一个家庭会议，“你觉得呢？”父亲给了女儿两个参考意见，小心翼翼地引导着她。

年少的孙陶有点男孩儿性格，兴奋地从沙发上跳起来，蹦出一句话：“我喜欢穿警服！”她一直觉得穿警服很飒。

“嗯，女孩当个警察学点技能，有安全感。”看到女儿欣然接受了自己的建议，爸爸点点头。

于是，这个一致通过的家庭决议，就像悄悄变道的铁轨，将一直在体校大门口徘徊的孙陶，“转送”进了青岛人民警察学校。

进入警校后，除了游泳、长跑等体育项目上有优势外，孙陶还是个“射击小白”，刚刚开始接触射击课，连“视力回收”是什么意思都搞不懂。彼时，按部就班学习技能的她，与“神枪手”三个字还差了十万八千里。

警校毕业后，孙陶进入青岛市北区登州路派出所成为一名社区民警，一干就是十年。

进入公安系统后，女警一般从事的是户籍、档案管理等工作，孙陶却是实打实的一线民警。她所在的派出所管辖区是片拆迁棚户区，居住有三千多户居民。工作非但不轻松，可以说是很有难度。

十几年前，大数据系统还不是很健全，不像现在，数据都在电脑里，一搜就知道了。那时需要经常入户清查，信息都是两条腿跑出来的。

“请问有人在家吗？我是民警。”入户清查工作多在晚上，一到九十点钟，孙陶经常一个人去居民楼里挨家挨户敲门走访。

“没人！”时常有居民不喜欢晚上被打扰，并不配合入户清查工作，说话语气也不友善。

一幢 7 层高的楼，住有 35 户居民，孙陶愣是没敲开几户门。她坐在楼底下的花坛沿儿上，浑身冻得发颤。居民楼里锅碗瓢盆碰撞出协奏曲，饭菜飘香热气氤氲。窗户里橘色的灯光，在黑夜里眨着光，像一只只圆睁的眼睛，嘲笑地望着她。冬天的风凛冽地刮过脸庞，她委屈得眼泪直流。

“怎么了？”在别的楼座清查完的同事路过，看到了孙陶。

“没什么，累了歇会儿，风太大，眼睛进沙子了。”孙陶赶紧用袖子抹了一下脸颊，把泪擦干。

同事是老民警，一眼看穿了她的情绪，坐在旁边拍拍她的肩膀说：“我刚干民警那会儿，也敲不开几家住户的门。”

“那怎么办？”提起敲门不开，孙陶眼泪又流下来了。

“我就赶下班上班的点，在楼前转悠，碰到哪户人家从楼道里出来，就上前打个招呼，人家买菜提不动了，搬东西了，我就上前帮个忙。先混个脸熟，晚上再去敲门的时候，人家就容易接受了。”

“敲不开的门，不能硬敲啊。”老同事语重心长地说。

听完老同事的话，孙陶的委屈一下子消散了，原来干民警也是讲究方法的，蛮干反而适得其反。

都说片警“管的都是鸡毛蒜皮的事”，让孙陶最头疼的还属调解纠纷。老小区住的人比较杂，楼上楼下晒个被子都能吵起来，天天有人打 110。

“喂，是小孙吗？你过来一下吧。”居委会大姐简直把孙陶的电话当成了求助热线。

一接到电话，孙陶就要拔腿往社区跑，一待就是几个小时，处理的是居委会都不愿搭理的“李家长、张家短”。

那会儿孙陶刚毕业，也没有练就什么能言善辩做思想工作的本领，常常愣在报警人面前，蹙着眉头，手足无措。

她想起老民警教育她要讲“工作方法”，于是看哪方是困难户，她就主动买点水果，送过去。天热了，看大家吵得口干舌燥，就买几瓶矿泉水，悄悄放在桌子上。

报警人诧异地盯着眼前这个民警，虽然穿着警服，但是打眼就能辨认出是个涉世未深的小姑娘，在一旁傻站半天，还挺真诚的，叹口气说：“哎，民警同志也不容易。”于是都消了火气，四散开去。

（五）

在一众硬汉片警里，新警孙陶的女性温柔无疑是调解居民矛盾的优势。这个大大咧咧的小姑娘，下班脱了警服，背一个 Hello Kitty 图案的包，蹦跳着便走出了派出所门口。

但是作为一名人民警察，仅靠这些还远远不够。老旧小区连个楼道灯都没有，居民楼里黑灯瞎火。入户清查时，孙陶一个人爬上居民楼，靠着窗户里透过的一点点细碎月光，勉强辨认楼梯走向。那黑洞洞的楼道深处，总令人恍惚把堆放的杂物看成怪物黑影，心里不免一阵瘆得慌。

后来有好心的同事提醒她："你一个二十来岁的小姑娘，晚上十来点钟跑到人家里去敲门，没想到会有危险吗？"

听了这话，孙陶心里咯噔一下，这才反应过来："对啊，万一冲出个人来，我该如何应对啊？"

孙陶最头疼的一项工作是与管区刑满释放人员走访约谈。与胳膊上露着文身的大汉，隔一张桌子对话，孙陶拿着记录本一边认真记录，一边问道："办暂住证了吗？"

"没办！"对面坐着的人，连眼皮都不抬一下地回答。

"什么时候去办？"孙陶继续问。

"不办！"对面的人一脸轻蔑地看着她，一副很不服气的样子，眼神仿佛在说：和你一个小姑娘，有什么可聊的。

遇到这阵势，孙陶自己先怂了，望着空空如也的记录本，一个字也没法落笔。别的男同事往这一坐，三两分钟就解决完的事，她却不知该如何完成这项任务，眼泪在眼眶里直打转。

孙陶渐渐地意识到，要想成为一名真正合格的民警，尤其是体能上不占优势的女民警，训练好警察的基本功有多重要，保护好自己，才有能力保护他人啊。

好在从小在体育竞技中搏击成长起来的孙陶，有一股不服输的性格。

那时候公安系统经常有比武，孙陶每次都踊跃报名。比赛前会参加大约一个月的集训，正好借此磨炼自己的基本功。比武一般考核三项：长跑、游泳和射击。刚开始孙陶的射击成绩并不突出，这一直是她的短板。因为平时训练时射击成绩不是很好，参加省比赛，她经常被当作替补队员。

很多人都认为，神枪手都是数不清的子弹喂出来的。但是，孙陶却有自己的路子。

每打一发子弹她都会在脑子里再过一遍：为什么没打中，或者为什么打中了。在练习场上转一圈就会发现，孙陶所在区域掉落的弹壳明显比别人要少。她打完两盒子弹，就拿着饭盒去吃饭了，其他人还在射击场上叮叮当当地打。如果只是盲目练习，数量多也没用。

比赛中射击的心理状态也至关重要，有时候比技术更影响成绩。集训中没有脱颖而出的孙陶，却出其不意成为比赛场上的常胜将军，她屡次获得全国公安系统的射击比赛冠军，算得上是“比赛型选手”。这得益于她多年来参加体育竞技的赛场经验，锻炼了过硬的心理素质。

在孙陶看来，射击和体育竞技又有不同，比如，进入游泳赛场，观众一欢呼，兴奋劲就起来了，使劲挥臂蹬腿，只管呼呼呼地往前游。但是，在射击场上往那一站不能兴奋，一兴奋心跳加速，一加速，枪就开始抖。但也不能完全不兴奋，不然整个人就塌了。

人最难的是对抗自己内心的情绪，每一次扣动扳机都需要保持一种冷兴奋，既要调动高度集中注意力，还不能让心跳加速。子弹的每一次出膛，都是孙陶全身心投入的瞬息释放。

枪王，不是战胜子弹，而是战胜自我！

（六）

如今，孙陶的极限射击视频在公安系统内部已成为实战教官的课件，用于给学员提供参照，体会射击究竟可以达到怎样极致的境界。

“是孙教官吗？”有一次，孙陶接到了一个陌生的号码。

“我是孙陶。”电话里，她应承道。

“我是您带过的警察学员，您还有印象吗？”电话那头的声音缓慢，小心地试探着。

“噢……”孙陶脑子飞快运转，努力从这两句打招呼声中，找到熟悉的影子。可是越是用力，越是想不起什么来。近年来，孙陶一直担任分局、市局、省厅、部里的枪械射击、游泳救生和综合体能的教官，多次被邀请到全国各地讲课指导，她教过的警察学生有多少，自己都数不清了。

“没关系，孙教官，您想不起来也没关系。”电话那头的声音突然激动地讲述起来：“我就是想跟您说一声，您给我上完课的第二天，我就在执行任务时，一击即中目标了！”原来这位民警同志是专门打电话来感谢孙陶的。

让我们把视线投向培训课堂，看看教官孙陶是如何培训学员的。

“视力回收！视力回收！心里要默念：视力回收！这点很重要。”训练场上，孙陶一改平日里嘻嘻哈哈的表情，给民警们上课时，她严肃的脸上没有一丝表情。

她不断地提醒学员们：“要盯着准星缺口，不要看目标。”很多民警们都是老枪手，但越是老手，就越容易犯经验主义错误。比如，总习惯用余光去找瞄准目标，这是一个非常影响射击精度的习惯。

这个小细节其实非常考验一个人的心理。很多人不敢视力回收，因为对准缺口，目标就是模糊的。“目标模糊了，我怎么打啊。”有的学员胆怯了。

“射击考验技术，更考验心理。技术可以通过系统训练、反复熟练来达成，但是过不了心理这一关，等于零。”孙陶在训练场上一再强调：在实战中最主要的是心态度要稳，不能慌。

其实，射击培训中很多科目都是训练心理抗压能力的，如靶子突然出现、目标突然移动等，需要突然做出反应，内心必须强大，在任何情况下都要保持冷静。

这一点说起来简单，却不容易做到。孙陶遇到过很多学员都败在“心理干扰”上，比如目标突然站在跟前，学员都不敢掏枪，因为目标离得太近了，会产生一定压迫感，脑子木了，手足无措，有人直接就放弃了，直喊道：“不敢打了，不敢打了……”

出枪速度也是有讲究的，孙陶自己总结了一个出枪速度的定律：“7 到 12 秒之间，你的子弹要出膛，太快、太慢都会影响射击的准确度。”

有的男警察性子急，习惯快出枪，目标大体估量一下：“行，开枪吧。”有的人开枪之前又总是犹豫，挪挪脚，动动手指，再盘算一下技术参数，迟迟开不了枪。

孙陶给学员讲课，会着重教给学员一个心理暗示口诀，去调整心态，“很简单，就是反复念一个词：准星缺口，准星缺口……意念会迫使你把精力全放在这上头。”

“教练，你看我老是打不准是什么原因。”有学员苦于射击几年都没有进步。

“你的手指握枪的姿势不对。”孙陶边说，边给他纠正。右手持枪，左手手指搭在握枪的手上，这一搭就出问题了，搭不对地方，开枪的时候左手手指一使劲，就把枪带偏了。

“就几个手指的事，还需要那么注意吗？”有学员不理解地反问。

孙陶便以自己在《警察特训营》打那张扑克牌为例讲给他听，“扑克牌是一条线儿，这就考验自然指向的重要性，必须正对这张牌，才能从正中线撕开它。”哪一个指尖在激发瞬间稍微给一点力，枪口都会发生变动。

“射击是个精细活，它有非常多的细节。练精度的时候，站位、两个脚的方向、自然指向站的位置等等，都是要琢磨的细节。”孙陶帮学员们把这些细节一纠正，很多以前怎么也打不进十环的学员，竟然能枪枪命中十环了。

（七）

长年练习射击，孙陶的手上布满厚厚的茧子，膝盖的半月板也受到严重损伤，被鉴定为八级伤残。

追究起膝盖伤是何时何因造成的，孙陶也记不清楚了。她隐约记得先是在多年前一场武装越野比赛时，摔倒了，膝盖摔伤了。而后是射击集训时，有跪射的训练项目。开枪前几秒钟迅速单膝跪地，膝盖哐的一下砸向地面，对膝盖的冲击力很大。

这些日积月累的损伤在一次集训时显现症状——孙陶的膝盖突然不敢起跳了，一跑就疼，走路也疼，就像扎了一排排的尖针。孙陶疼得龇牙咧嘴，汗珠大颗大颗从脸颊两旁滚落。

还有就是腰伤，三处椎间盘突出。全国比赛打精度射击和速射时都要求站立半小时以上，平时训练站立时间更长，几个小时拿着手枪一直在打。子弹出膛有巨大的冲击力，对整个身体的后坐力需要脊柱来承受，相当于不断有力去对冲你的脊柱。

“我是有残疾证的。”提起这事，孙陶并不觉得难过，反而当玩笑提起：“坐火车还可以有半价优惠呢。”

有一次，在火车站的出站口，一名工作人员走过来要检查孙陶的证件，他的眼神里写满怀疑，潜台词好像在说：看你神采奕奕，腰身挺拔，也不像残疾人嘛。

“同志，您好，请出示您的残疾证。”工作人员盯着孙陶说。

孙陶拿出证件，递给他：“给！”

工作人员打开孙陶的证件，眼睛一下子亮了起来，嗓门兴奋地提高了声音：“你，你，你是不是电视里那个神枪手……”

看孙陶点头回应，工作人员更激动了，像追星奔现一样：“我说你那个眼睛有点熟悉，电视镜头里看过你的眼睛，贼有神！”

戴着口罩的孙陶被他逗笑了，说：“对，录节目时，他们就喜欢怼我脸上，拍眼睛，就这么近。”孙陶用手箍成两个弧，在自己的眼睛前面，比画着摄像机的距离。

“是啊，就是老看你那个射击节目，所以对你的眼睛印象很深的。”工作人员也哈哈大笑地回应。

还有一次，孙陶在北京火车站等车，有个中年男子走过来，问她：“你是不是孙陶，打枪的那个？”

孙陶疑惑地看着眼前这个陌生人，说：“是啊。”

得到确认后，那人高兴地拍了一下自己的大腿，说：“我是湖北的，哎呀，成天看你抖音，看你打枪，简直太帅了！”

想起这些场景，孙陶觉得还挺幸福，她自己也没想到，有一天会因为射击这件事，成为“明星”，被很多人熟悉。

（八）

2022 年 1 月 1 日新年的第一天，海风带来大洋深处湿润的讯息，裹挟着万物生机，吹遍喜气洋洋的大街小巷。

比海风更早赶来的是火车站里进进出出的人们，拖着鼓鼓的行囊，脸上洋溢着三月桃花般绯红的笑容，奔往家的方向，脚步稳健又轻盈。

与周围人不同的是，从火车站出来的孙陶匆匆赶路的方向，并不是去往家的方向，而是下午要去上课的地方——青少年射击训练场。作为编外射击教练，受好友之邀，她尽力抽出时间，给孩子们上一堂特训课。

几个闺蜜朋友听说她回青岛了，好久没见，也约在射击场见面，叙叙旧。

出租车把孙陶送到了她训练场门口，“噔噔噔”军靴踏地，一阵铿锵有力的脚步声在走廊上响起回声。

“好想你们啊！”看见几个闺蜜已经在射击场旁边的座椅上等她，孙陶小碎步跑向她们，她张开双臂，抱着闺蜜们蹦了几下。

“让我看看，赫赫有名的神枪女警怎么还跟我们撒娇呢。”闺蜜们纷纷打趣她。

“你穿警服真精神，提气，真好看。”闺蜜们围着孙陶好一通拍照。“开美颜了没有，不开美颜不要拍我！稍等我整理一下头发。”孙陶整了整作训帽，自拍时帽檐有些遮眼睛。

“还那么臭美呢。”好友打趣她，“我可天天看你抖音呢，经常发手势舞呢。”

“怎么样，就说我跳得好不好吧！”孙陶扬起下巴，娇嗔地向闺蜜们讨要一个赞赏。

“看没看那条评论：这个手指真灵活，不像拿枪的手，像跳舞的手。那是我给你留言的，你每条视频我可都是热情留言啊。”闺蜜们七嘴八舌地起着哄，笑作一团。

孙陶的微信名叫“玩枪的花花鱼”，这个名字还有个由来——她喜欢跳舞，喜欢穿花裙子，又擅长游泳，所以相熟的朋友们就喊她“花花鱼”，孙陶觉得这个名字挺有趣，便用作社交软件的昵称。她经常拍一些手势舞放在网络上，纤长的手指舞动起来像一只翻飞的蝴蝶。没想到，神枪女警生活中的一面，也是天真爱美的姑娘。

和闺蜜们匆匆叙完旧，孙陶便开始给小学员上课，直到下午四点多钟，一堂课结束，小学员们收枪下课。

“老师，再见！”孩子们叽叽喳喳地跟孙陶打着招呼，像一群快乐的小鸭子围着她。有的孩子还恋恋不舍地跑上前，抱着孙陶的胳膊摇晃着不撒手，头在她怀里做蹭蹭的动作，乖巧得像只小猫儿。

“再见，孩子们。”看到孩子们喜欢射击，喜欢自己，孙陶心里有说不出的满足，“说不定这里面有将来的神枪手呢。”

窗外车水马龙，远处商场大楼响起正点时分报时的钟声，浩浩荡荡穿过街巷，轻敲门窗，提醒着晚归的人们。

人群散去的射击训练场里一片沉寂无声，孙陶喜欢这样不被打扰的独处时间，她低头打量着手中的枪，每一个零件她都拆装过千万遍，熟稔的痕迹闭着眼都清晰可见。她在脑海里像过电影一般，回顾技术参数，规划子弹出膛的路径。她利落地做了一个快速有力出枪的动作，瞄准靶心的瞬间，眼神立刻变得凌厉起来，像射出的一支冒着寒光的箭。

巡回在射击场地上，孙陶的背影在灯影下一点点拉长。走出场地，屋外华灯初上，这样的场景对孙陶来说并不陌生，无数个训练的日夜，她都经历过这样一个人训练、一个人感悟的场景。

万物有其“道”，真正的参悟者总是会在自然的规律中，找到四时运行，平衡和谐的韵律。如果说射击是一门“道”，那么孙陶便如一位探索的行者，她踯躅在这条路上，坚毅又孤独。通往顶峰之路，本就是条难行之路，挑战不断，超越并行。

红十字搜救队的土耳其6天

2023年2月6日，一场地震突袭土耳其。2月12日，青岛红十字搜救队组建的一只23人队伍抵达土耳其，星夜兼程，开启救援之路。至2月16日结束搜救，他们在6天的时间里，成功搜救出21名遇难者，撤离前，他们将物资留在了灾区，只把一身尘土带回了祖国。

（一）

北京时间2023年2月6日9时17分（当地时间2月6日4时17分），土耳其南部突发7.8级地震；11分钟后，6.7级余震袭来；紧接着，又是第三次，震级5.6级……

从手机上收到消息，青岛红十字搜救队队长李延照的第一反应是——“响应”！他迅速在群里发出任务招募，队员们的头像立马闪动起来。

38岁的吉连萍在接龙队伍里，打下两个字：“报备”。

做出这个决定，吉连萍有过片刻的犹豫——4岁的儿子一直跟着她，如果自己去了前方，把孩子留给年迈的姥姥、姥爷，他们肯定照顾不了。

吉连萍的丈夫是土耳其人，地震当天，他正身在家乡——一个叫尼代的土耳其南方城市。很快，丈夫打来电话报平安：“暂时只是有强烈震感，家具、悬挂的电灯什么的都在摇晃，但是房子没有塌，我们都从家里跑出来了。”

一番思量后，吉连萍决定把儿子一起带往土耳其，但又不能把他带到救援现场。电话那头的丈夫沉默了很久，然后回答道：“我去你们转机的伊斯坦布尔机场接儿子。”

2月9日凌晨，青岛红十字搜救队从前期报备的数十名队员中遴选了14人，再加上团队“师承教官团”的9名教官，组成了23人的搜救队。其中，最大的一位53岁，最小的一位刚刚21岁。

50岁的甄仁向被任命为此次任务的领队，他有15年的救援经验，多次参与玉树、雅安等震后救援工作。

家人都习惯了他的“突然袭击”——每次出任务时，一声“我要出任务了”，他就开始埋头收拾行李，然后就是连续几天不回信息，只是偶尔打个电话报平安。

2月10日，搜救队开始集合，统一乘大巴车赶往机场，晚上6时许由青岛前往广州，经广州出境飞往土耳其伊斯坦布尔。

出发前集结时，吉连萍的儿子很兴奋。一个年仅4岁的孩子，看到妈妈换上红色的搜救队服，他羡慕不已，吵着也要穿。吉连萍翻箱倒柜为他找出一件红色的卫衣，胸前的图案是他最喜欢的孙悟空，正拿着金箍棒踩在筋斗云上。

与其他队员的急切心情相比，李延照和甄仁向的身上多了沉甸甸的责任。临上车前，李延照一把拉住甄仁向，再三嘱咐道：“队员和行李，一个不能少，都要带回来！”

甄仁向拍拍他的肩膀：“放心！”

（二）

出发之前，连续两天两夜，甄仁向一直在不停地打包行李，与航空公司对接。

救援装备涵盖后勤保障类、医疗类、通信类、侦搜类、破拆类、顶撑类、支撑类、移除类，共计 183 件套，约 5 吨重。生命探测仪、液压动力站、破碎镐、凿岩镐、切割锯、发电机……切割装备、破拆装备、剪切装备等，一应俱全。

但是，这些装备严重不符合航空公司上飞机的装箱要求：尺寸过大、过长、过重。前后调整了三次，最后出发前，精简到 22 件，再加上队员们的个人行李，一共 47 件。

直到登机前的两个小时，有一件行李——发电机，还是没能通过安检。“马上联系，落地广州转机时，紧急采购一个不带煤油的发电机。”甄仁向果断作出决定，震区断水断电，发电机不可或缺。

一切处理完毕，搜救队终于登上了飞机。

一路上，吉连萍为了能顺利转交儿子，不断地跟他唠叨着行程，“到伊斯坦布尔后，爸爸要来接你，妈妈要去参加救援……”儿子一听就急了：“我也要去！”因为看多了动画片，在儿子的印象里，救援要坐直升机，他很坚定地说：“我要驾驶飞机，保护你。”那一刻，吉连萍忽然感到很温暖，抱紧了儿子。

温暖的一幕幕才刚刚上演。

快下飞机时，一名空姐把飞机上所有的水果和矿泉水都拿了出来，她抱着一名队员哭了，用不熟练的中国话说：“感谢你们来帮助我们，注意安全。”说着，她又把飞机上的毛毯都给了搜救队，最后还不忘了提醒一句：“震区很冷。”

北京时间 2 月 12 日 0 点 18 分，搜救队第一梯队顺利抵达土耳其伊斯坦布尔。凌晨1点左右，甄仁向、吉连萍等人完成入境手续出关，与土耳其灾害和应急管理局（AFAD）开展任务对接。

常年随丈夫往返土耳其，吉连萍比任何人都敏感地捕捉到一个细节：机场的过道上，新增了很多饮水机，上面用汉字写着"热水"。"这可能是专门为我们中国人配置的。"她心里想，因为在土耳其这样的欧洲国家，当地人是不喝热水的。

由于时间紧急，吉连萍出发时带的行李并不多，丈夫在机场接上她，又紧急采购了一些睡袋和帐篷，"跑了好几个商场才买到一些，这些都是紧缺物资。"

赶到位于卡赫拉曼马拉什的救援营地时，已经是当地时间2月12日下午6点钟，来自28个国家的救援队被统一安置在这里。"可以用手忙脚乱来形容第一天到达营地的情形。"吉连萍回忆道，"到一个陌生的环境，有不同的组织机构来对接工作，在哪儿搭建营地，怎么搭建帐篷等，都要听从统一部署。"好在先前抵达的救援队都非常热情，纷纷过来帮忙。

忙到半夜，8个帐篷像小蘑菇一样拔地而起，临时充当起23名搜救队员的家。一个帐篷里能睡3个人，队里唯一一顶大的帐篷给了包括吉连萍在内的4名女队员，正好可以睡下。

此时，气温已降到零下10℃左右。吉连萍这才发现，丈夫紧急采购的睡袋是棉的，远远不够御寒。"老队员很照顾我，挪出一个羽绒睡袋给我，他们反而睡了一个棉的。"

（三）

2月13日清晨，首个搜救任务派了下来，青岛红十字搜救队与多支救援队联合开展一处名为Serdarbey公寓的搜索与营救。

"找到的第一名遇难者是一名中年男子，我们挖开建筑物旁边的废墟时，他就埋在里面。”领队甄仁向回忆道。

尽管现场建筑物坍塌严重，但对于搜救经验十足的队员们来说并不是什么难题。随着蛇眼生命探测仪一次次深入废墟，疑似埋压的遇难人员不断被发现，队员们一次次冲进去，把杂物移除，将埋压的遇难者进行转移。那之后的 4 天时间里，青岛红十字搜救队共找寻到了 21 名遇难者。

“年龄最小的是一名儿童，看起来三四岁的样子。”在甄仁向记忆中，那个孩子被尘土覆盖，甚至都不能辨别出性别，小小的身体软绵绵的，像睡着了一样安静。

最让甄仁向触动的是，在一处废墟下，他看见一家三口整齐地躺在床上，“孩子被父母保护在中间，是个七八岁的小男孩。”参加过多次灾难救援的甄仁向，常用“铁石心肠”来形容一个有经验的队员应具备的素质：要克制情绪，不能让现场的情况引发太大的情绪波动，否则就会影响救援。但是那一刻，他还是忍不住落泪了。

“很痛心。”甄仁向再回忆那个场景，依然哽咽。这突如其来的地震，就像是一场黑色的浪潮，毫不留情地吞噬着大地上的人类，遇难者一下子被黑暗蒙住了双眼，永远沉睡在了大地之下。

每发现一名遇难者，搜救队员会用事先准备好的床单、毛毯包围出一个封闭的空间，有些遇难者衣不蔽体，有些则已经没有了完整的尸体。搜救队员用工具一点点把碎石剥落，将他们体面地处理好，再盖上床单，让他们有尊严地重现在亲人面前。

“土耳其当地的风俗和中国很像，讲究入土为安，很多亲人等在搜救现场旁边，等着亲人们的遗体被找出来，就算只剩白骨，也要将他们带回去，好好安葬。”甄仁向语气沉重地说。

（四）

对搜救队员来说，现场最困难的还有沟通问题。大多数人的英语不够好，会影响交流。

“后来我们自创了一种沟通语言，”甄仁向回忆说，经过一天的磨合，队员们发现最行之有效的沟通方式是比画+象声词。比如，他们向其他国家的搜救队借用电镐时，就会双手握成拳头，在腹部位置比画着向下震动，然后嘴里模拟出“突突突”的声音，对方一下子就明白了。如果是借用小电镐，会说“small突突突”。

前方在救援，吉连萍等几名队员在营地要做好后勤保障工作。第一天搜救队员回到营地时，已经是晚上快11点钟了，吉连萍注意到一个队员的衣服上全是破洞。那名队员向她描述了一些场景片段：作业时要钻到一些缝隙里、横板里，转换各种姿势，因为一心只想救援，根本顾不上水泥块里那些横七竖八的铁丝，刮破衣服、蹭破皮肤，也没人会在意。

从搜救队员的聊天谈话中，吉连萍还了解到队员们所工作的区域，救援风险性还是很大的。比如有一处救援现场的一栋楼没有完全倒下，另一栋楼像压缩饼干一样被压扁了。在施工作业时，要时刻警惕旁边的楼或者是正在施工的楼面，随时有倒塌的可能。

每天回到营地后，领队甄仁向等老队员则忙着做新队员的心理疏导工作，转移他们的注意力，脑海里尽量不要再现白天的惨烈场面。第二天早上起来，他会问新队员有没有做噩梦，得到“没有”的答复，他便放心了。

与前方救援时面临的危险相比，营地上的困难则在于会受到各种条件限制。作为后勤队员，吉连萍等人也只能是绞尽脑汁想办法。比如没有炉子做饭，他们便用三块石头垒了个灶台，把锅架在上面，每天捡些木头回来生火。没有炒菜工具，就用木头打磨出一个铲子。其他国家的救援队撤离时，留给他们一个铁皮油桶，拿来取暖正好用，发电机是带不起暖气片的。

“土耳其总商会每天会给营地送来一些蔬菜，当地应急管理部门也会给我们配备一些面包、水等生活物资，撤离早的救援队会把没吃完的蔬菜留给我们，西红柿、黄瓜、茄子这些蔬菜还算丰富。”吉连萍的丈夫也来送过两次补给，每次来都是匆匆见一面。从他住的城市到营地开车要 5 个小时，清早出发，到了营地，卸下补给，啃了两口面包就往回走，赶在天黑前到家。

作为一名土耳其媳妇，每年都要来一两次，吉连萍对这个国家很有感情。站在营地远眺，湛蓝的天空，皑皑雪山，自成一幅美景图画。她还记得曾经到过一个叫阿达纳的地方，那里有一种美味的烤肉就以“阿达纳”命名。转身再看看如今灾难后的废墟，不免令人唏嘘。

“但是我见到的当地人心态也都很积极，他们是满怀希望的。”搜救队刚来的时候，当地公益组织送过一些防潮垫等物资，吉连萍向他们表达了感谢和安慰：“希望一切都会好起来，希望你们和家人们都会渡过这个难关。”他们乐观地回答道：“没问题，一定会过去的。”

“希望他们能慢慢恢复稳定的生活，住进自己温暖的家。”望着远方的雪山，吉连萍在心里默默祈祷。

（五）

土耳其当地时间 2 月 16 日 19 时 41 分，结束了一天 10 个多小时的连续搜救，依据 AFAD 掌握的人口信息，Serdarbey 公寓废墟所有埋压人员均已找到，遗憾的是没能发现生还者，此工作面搜索与营救工作宣告结束。

从2月13日到2月16日，救援作业的4天时间里，搜救队员每天8点从营地出发，晚上要九十点钟才能结束，“一天如果能睡满6个小时，都是很奢侈的事。”甄仁向笑着说。

土耳其与青岛有约5个小时的时差，在青岛的后方团队要对接一线团队一天的工作进度，常常要忙到凌晨一两点钟。从2月10日出发到2月17日撤离，这8天时间里，整个搜救队前后方就这样不分昼夜地忙碌着。

2月16日晚上，土耳其宪兵特种部队与所在地AFAD负责人，赶到青岛红十字搜救队休息区，向队员们赠送了一枚土耳其国旗徽章，表达由衷的感谢。“你们是我们的兄弟，不论何时，你们有需要我们随时都在！”当翻译缓缓说出土耳其军人的心声时，自己也忍不住流下了泪水。

2月17日下午，青岛红十字搜救队完成营地清整，将所有物资捐赠给当地后，踏上了回国的路程。

在卡赫拉曼马拉什机场候机时，一位土耳其军人为队员们送上面包。这位军人是驻地军区司令阿里·多根少将，在前几天的联合救援行动中，他多次听闻了青岛红十字搜救队的出色表现，特意赶来为搜救队送行。作为回礼，搜救队也将印有团队发展理念“把善传播得更远更宽广”的刺绣贴赠送给他。

还有民众在机场用翻译软件，展示手机里的中文：“我们感谢你们每个人，希望在美好的日子里能见到你们。”

2月17日晚，飞机抵达伊斯坦布尔机场，取完行李出航站楼时，青岛红十字搜救队再次迎来机场工作人员的掌声。这一路，在机场、在大街，民众自发的掌声和呼喊声不绝于耳：“Thank you, China！”也许他们不知道队员的名字，但他们都知道这一身红色叫“中国”。

北京时间2月21日下午4时10分，这支身穿红色队服的搜救队顺利返回青岛，见到火车站一幅幅“欢迎平安归来”的横幅，领队甄仁向心里终于松了一口气，“23个人，我们终于平安回来了！”

在这6天时间里，他24岁的女儿在微信里留下一串串无人回答的信息：“爸爸，你要注意安全。”“爸爸，今天什么情况？”“爸爸，哪天回来提前告诉我，等您回家吃饭。”

本文刊发于国家应急管理部官网。

月牙儿弯弯

背着旧书包，拴着一床被子，一张陪护床便是护工徐长美漂在医院的家。她与病人们在病房里短暂交集，听过百家故事，品得人生百味。

（一）

冬天的夜晚，一钩弯月照进窗户，月光洒下一层白霜铺在床前。医院对面的楼房窗户间，流溢出万家灯火，混杂在天光云影和人间烟火之中。

当时钟慢慢接近夜里零点，亮着灯的窗户渐次熄灭，住院部病房也陷入黑夜，鼾声此起彼伏，空气中弥漫着消毒水的味道。走廊上柔弱的灯光，透过病房门中间的磨砂玻璃里照进来，像圆睁着的眼睛。

“我胸口疼，疼……”睡在病床旁的徐长美被阵阵呻吟叫醒，她一个激灵起身查看，发现陪护的病号喘息急促，眉头紧锁，脸涨得有些青紫。

她赶紧披上衣服，跑到护士站喊来值班的医护人员。“去一楼做个加强吧。”怕吵到临床的病人，值班护士压低声音说道。“加强”指的是紧急要做的核磁共振检查。

徐长美马上小跑着冲出病房，从十楼坐电梯到一楼，穿过长长的走廊，转两三个方向，到达医院大厅。

白日里嘈杂熙攘的医院大厅，空无一人时是怎样的景象？徐长美的心脏怦怦打鼓，头皮瘆得发麻。

那个空荡幽静的氛围，让你不敢说话，一句低语也会在走廊里传出惊人的回音；也不敢不说话，一个人也没有，光听到自己的脚步声就觉得胆战，需要自言自语嘟囔几句或者哼几声小曲来壮胆。

值班医生正在休息室小憩，徐长美敲门叫醒他，办完预约手续，加紧脚步返回楼上接病号。

病号是一个在工地上干活的大姐，被意外掉落的水泥块砸伤头部。丈夫没来陪床，他也在这个工地干活，请一天假便少一天工钱，两个人的工钱已经少了一份，不能再丢了另一半。子女尚小，在农村老家上学。出事后，工地出钱请了护工徐长美来照顾。

对此，城里人可能不理解，徐长美却司空见惯。在飞扬着各种农耕工具的土地上，女人就像荠菜花，呼啦啦地随风窜着个儿，她们细小的花茎，却是大地上最坚强的呼吸。她们任劳任怨，养儿育女，勤俭持家。她们很少发出声响，不管是欢快的，还是悲伤的。荠菜花连香气也没有，常常淹没在春天的缤纷里，你会驻足看一朵低垂花瓣的迎春花，去嗅香气郁郁的结香花，去等合着花苞像小鸟一样站在枝头的玉兰花何时展开翅膀，但你可能不会为荠菜花付出时间停留。

病床加上病人足有二百多斤，徐长美歪歪扭扭地走着“之”字，病床横冲直撞地不听指挥。这个场景让她想起了农村老家的独轮车，人们管它叫“二把手”，在现代运输工具普及之前，它是乡村小道上的主角。推车时，腰部左扭右歪，翻车的概率会低很多。有句俗话：“推车不用学，全靠腚磨活”，说的就是这个理儿。

徐长美定了定神，她在脑子里把推独轮车的场景与推病床的场景慢慢重合，于是找到了一股神秘的力道，双手用力把住病床旁边的栏杆，躬身控制着床下的轮子，推几步就停下来调整一下方向，进电梯、下电梯、拐弯、前行、再拐弯……终于踉踉跄跄来到放射科的检查室。

病号身体虚弱，不能自己从病床转移到检查床上，徐长美熟练地将两张床平行对在一起，自己跪在上面，一点点往检查床上挪动病号的身子。

病号的双臂搭在徐长美的脖子上，她感受到来自另一个柔软躯体的体温。她已经很久没有这么近距离地体会另一个人的体温了，熟悉的感觉就像靠近了自己的母亲、姐妹，或者女儿们。徐长美就着病号张着双臂的姿势，环腰将她抱住。徐长美也想把自己的呼吸、心跳融了体温传递给对方，就像挨近一个燃着柴火、喷着火星子的灶膛。

（二）

做完检查返回病房，病号用了药，明显舒缓了许多，不一会儿便昏昏睡着。此时，天边已泛起鱼肚白，月亮隐在云后，等待与晨曦交班。

病房里的人陆续起床了，洗漱、打热水、吃早饭，进进出出忙活着。看到横在病床旁的陪护床有点碍脚了，徐长美赶紧把床折叠起来，搬去储物间，待晚上休息时再搬回来。

一张陪护床，长 180 厘米，宽 70 厘米，它是徐长美漂在医院的“家”。

一夜未眠，徐长美脚轻飘飘的，搬着不到一米宽的陪护床，走路都有点拉不动腿。

这时，手机铃声响起，是陪护公司来电——“城郊医院有个重病号需要特护，你把现在这个病号交接给其他同事吧。”

放下电话，徐长美开始收拾行李：衣服叠成方块放进双肩包、鞋子插进衣服的缝隙里，一个手提包里装着自己仅有的一床薄被，再把零碎的随身杂物，塞进手提包的侧兜里。昨天吃剩的一个馒头、一包咸菜和一个煮地瓜，也被装进包里。这是她的全部家当，在哪儿干活就带到哪儿。常年漂泊在病房里，她习得整理家什的条理，一同打包收起的还有她的心事和身份。

今年是徐长美来这个沿海城市做护工的第十个年头。

与海遥望的是山，徐长美的家就在千里之外的山脉，那里隐匿着无数普通的小村庄。做护工之前徐长美是个生活殷实的小老板，开过酒店，接过手工刺绣的出口订单，40 岁那年和丈夫承包了一个工程，没想到赔得血本无归。夫妻俩卖了仅有的几间门头房给工人发齐了工资，自己却背上了银行的 30 万元贷款。

家里还有两个上学的女儿要抚养，徐长美急着要找份能赚钱的营生。那时，自家叔叔正在一家医院做护工，徐长美了解到这份活干一单结一单的钱，收入不错又不担心拖欠工资，正是自己迫切需要的。

“你不要来，太累了，你会老得特别快。”叔叔当时极力劝阻。

徐长美没听劝，只身一人来到这个大城市。迁移的生活是无形的刀，她被缓慢地切割着。

十年里，她头发白了一多半，手指得了关节炎，肿得像胡萝卜，拿东西时一用力就像针扎一样疼。频繁的弯腰，让她患上了腰肌劳损。几乎每个护工的包里，都常备着治疗腰痛的膏药。

这些都验证了叔叔说的那句话，的确没错。

徐长美干活实在、不偷懒，她的单总是一个接一个，一个月里没有一天是空档。

刚开始干护工时，她打算就干个三五年，把欠银行的钱还上便回家，她在心里计划着这份工作的终点。

可是还完了欠款，大女儿、二女儿又相继考上大学，一月工资七八千块钱，刚好够交两个女儿的学费。又干了几年，想着攒钱再买一间县城的楼房吧。一年又一年，这份工作早已超出了原定的计划时间。城里挣得多，这个缘由抵过万千阻隔，像时光泌出漫长的丝，将她束缚。

她忍耐着想家的念头，甚至不敢去看窗外的车水马龙，霓虹灯下的车流总让她恍惚看成是一条流淌的河。她在河边长大，熟悉那流动的节奏。

夜晚，月牙儿和星星倒映在水面上，宽阔的河面像一块缀满宝石的绸带。母亲常带着年幼的她在河边洗衣服，木棍敲敲打打，水珠儿便欢快地溅在脸上。

母亲说，如果你对着上弦月许愿，愿望就会实现。

她喜欢看着上弦月发呆，弦在左，弓背在右，月牙儿的姿态是婀娜的曲线。农历的每月初七、初八才会出现，这使得它弥足珍贵，又自带神秘氛围。

她所瞻望的，是这轮明月的上升和复圆。它的每一次升高和复圆都是极其缓慢的、艰难的，都要付出巨大的心血和力量。但它却是极有信心地、努力地走完自己的满圆。

（三）

从位于市中区的医院出门，徐长美先是坐了一个半小时的公交车。司机告诉她下车后再转车，可她在转车的站牌下站了半天也没等见公交车的影子，索性在马路步行起来。大约一刻钟后碰到一位环卫工人，为她指路：往前走，过红绿灯再往北走……

徐长美又走了半个多小时，肩上背着、手里拎着，三个包把身高只有一米六的她拽得喘不动气。她停下来，咬咬牙抬手叫了一辆出租车。

“师傅，把我拉到城郊医院吧。”徐长美瘫在后座上说。

“你快到了，从这儿到医院，走路也就十分钟。”司机好心提醒道。

“我累了，走不动了……”徐长美的屁股和后背一沾到座位，便再也抬不起来了。

车子缓缓起步，清凉的风从车窗外扑到脸上，窗外的楼房、树木跑动着向后退去，渐次模糊。她闭上眼，真想好好睡上一觉啊。

她曾经照顾过一个危重的病人，三天三夜没合眼，第四天交班后，她在医院里找了个角落，往折叠床上一躺，从下午两三点一直睡到次日上午九十点钟。那觉睡得太过瘾了，同事说她睡得像“死狗”，想喊她起来吃饭，推几下、叫几声，皆没有半点反应。

带着自己的大小行李，徐长美推开了一间单人病房，这回要照顾的是一位老人，头天晚上吃着饭，脑血栓发作，突然倒地，儿女都在国外定居，紧急入院后家人请护工来帮忙照顾。

手拿记录本的两个小护士从徐长美身侧走过，走出病房，低语议论着：

“听说他的孩子们都很有钱。”

“住特需病房呢，能是一般人负担得起的？！”

“那有什么用？还不是一个人躺在这里。”

查房的小护士们离去，病房又陷入沉寂。躺在病床上的老人已经没有了意识，褶皱的皮肤像被晒久了的宣纸，发黄、脆薄，甚至让人不敢轻易触碰一下。他一动不动，身上插着鼻饲、监护仪等各种仪器的管子，和滴滴作响的仪器仿佛要融为一体。营养液一路从鼻腔到胃部，提供所需能量。

徐长美曾经听一个病人形容过：插上鼻饲管的瞬间有点像游泳的时候呛鼻子，稍微有点酸胀感，插入后就没什么不适感了。

又是一个寂静而无眠的夜。

脑出血的老人一直在昏迷中，病房里呼吸机呜呜沉吟着，生命体征监护仪上的数据有规律地闪烁着，心脑血管疾病的危机就像不知道什么时候启动的定时炸弹，它们都在提醒着徐长美：不能睡着。

她定好闹钟，每隔两小时起身一次，遵医嘱给病号补水、打营养液，每次水要120毫升、营养液不能超过200毫升，活儿简单细碎，却丝毫不能出错。

徐长美还记得不久前照顾过一位70多岁的老人，也是这般费事。

老人20多岁就守寡了，一个人抚养患有自闭症的女儿，本就是个苦命人，又不幸遭遇车祸，受伤严重，脊柱需要动三个大手术。然而，她竟然是抗麻药体质，手术后送回病房，嘴唇都咬出血来了，她却依旧很平静地说："徐长美，你看，前前后后进去的医生说的什么话，怎么动的手术我都知道，我说给你听听……"

徐长美背过脸去，抹了一下眼角，装作埋怨地打断了她："大姐，你好好休息，少说话。"

好几天里，徐长美都不想说话，心里像堵了一块大石头。她只闷头干活，靠近老人病床时，不断把碎发塞在耳后，借这个动作遮挡自己的目光，生怕偶尔在空中碰到老人的目光。

每天老人要挂十几个瓶子大小不等的点滴，徐长美眼睛不眨地看着，一瓶药快输完了，及时喊护士过来拔针。

有天夜里，老人突然坐了起来，眼神有些游离，朝着门的方向走，大喊着：我要回家，我要回家！她“看到”有陌生人闯进家里偷东西，女儿正独自面对危险——这一切都是老人脑海里的“梦境”，此时她就像《困在时间里的父亲》中的父亲安东尼一样，记忆混乱，蹦出很多没有逻辑的片段。

住了没多久，老人就出院了，嚷嚷着不放心行动不能自理的女儿。

老人走后，看到空着的床和已经更换掉的病号姓名牌，徐长美的眼泪才止不住流了下来。深秋的风顺着走廊穿过，她的身体不禁打着冷战。在万家灯火的城市里，每个人的经历都是一本百味杂陈的书。

此时，窗外正挂着一轮月牙儿。人们都说月亮是一位极善良、极好心和易受感动的姑娘，谁有什么不幸和哀愁，她总是掩面注视着你。想必她有时不忍心去看那不幸的人们吧，所以才遮住半个脸。但她那朦胧的柔光，还是带着同情地从窗棂照进来，黑暗的屋子顿时变得明亮起来。

那些悲欢，你以为是人世一生，可月亮见过太多，知道那只是尘埃一瞬。

（四）

把耗费体力和情感的照料作为一份长期的工作，对任何人来说，都是一场漫长的消耗。随着人口老龄化的加剧，入院护理需求日益旺盛，护工这一行越来越吃香。

不知徐长美注意到没有，当有人在她面前感慨“久病床前无孝子”之类的话时，多是意在夸赞她对病号的护理用心、到位。隔壁病床家属打电话声音太大，她会过去提醒他去病房外面说；晚上同病房陪护呼噜打得太响，她会叫醒他翻个身……把病号当家人照顾，她的理解就是，要向着他们。

但是，并非所有的真心都能换到真情，受委屈的经历记忆犹新。

她曾经遇到一家人，态度极为傲慢，眼神里写满：你是我花钱雇来的！在病房里吃饭，他们点了很多样盒饭，大快朵颐时，徐长美正在一边吃馒头和咸菜。他们最后吃不完的盒饭，宁可倒掉都不给她。

推着这家病号去做康复，到了康复科一看要排队，病号恼了，斥责她应该提前坐在康复床上“占位”。有口难辩的徐长美只能躲进厕所，用泪水来宣泄委屈。

徐长美是倔强要强的，每接一个病号她都全心全意去照顾，如果对方感受不到这种温暖，这个人就不值得去流泪，她会躲在角落里流泪，不让别人看见她的脆弱。

但有一次，为了一个20岁出头的小姑娘，徐长美的情绪失控了。

这个小姑娘在手术当天告诉她：“姨，一会儿我做手术，我爸妈在外地上班不能来了，昨天字都签好了，麻烦你在手术室外面等我啊！”

徐长美安慰她：“没事，有我呢。”

小姑娘使劲咬着嘴唇，眼眶里噙着泪。徐长美又说：“你做的是眼睛手术，一定不能流泪。说不定做完手术还成双眼皮了，更漂亮了。”

小姑娘点点头，把手机和钱包都交给她保管。从病房到手术室，徐长美一路小跑，紧握着女孩的手，不停重复着：“加油，你是最棒的。”

手术室门关闭的瞬间，小姑娘努力探起身，可怜巴巴地回望了她一眼。只一瞬间的对视，徐长美的眼泪就像决堤的洪水夺眶而出……

前不久，徐长美在外省工作的大女儿得了肺炎，高烧不退。一边祈祷身边这个孤单的小姑娘手术顺利，一边联想女儿也遇到过同样无助的时刻……各种思绪涌上心头，徐长美站在手术室外号啕大哭，全然不顾等候区的病人家属们投来诧异的目光。

小姑娘康复出院那天，徐长美到医院门口送她，见她要坐公交车回家，执意掏出自己一天仅有的 30 元伙食费，给她打了一辆出租车。

（五）

对徐长美而言，最高兴的时刻是送康复的病号出院，她会送他们到医院门口，相互拥抱着，幸福洋溢。回病房的路上，她忍不住一蹦一跳的，那种感觉就像上学的时候得了一张奖状，还像小时候上山去挖野菜，一回家父母说：哎呀，真好，挖了这么多啊！

白天与黑夜，漫长的陪伴里，来自信任的那点荣光——用汗水照顾一个虚弱的生命重新焕发活力，帮她驱散了身处异乡的寂寥与不安。

一晃十年，徐长美照顾过多少位病人，自己也记不清了，她只记得年龄最大的病号是位 103 岁的老太太，最小的病号是个 9 岁骨折的小男孩。

徐长美照顾的那位百岁老人可硬朗了，每天笑呵呵的，好像不知道啥叫烦恼，睡觉打的呼噜，好像能冲破楼板。老人给徐长美唱民歌，声调婉转，嗓音如同百灵鸟。徐长美则给她表演鸭子走路，探出脖子一伸一缩，逗得老人哈哈大笑。

如果不是逗老人开心，守在病房旁边的徐长美是沉默寡言的。

年轻时的徐长美也喜欢唱歌，跳舞，背诵唐诗。她最喜欢李白的《静夜思》：床前明月光……找个没人的地方，举起右手比画着，大步慢走几步，感觉自己像个演员。有时候她也会自己琢磨着走小碎步转圈，拿柳树枝作道具，学京剧里的人物倒退着出场。

做了护工后，徐长美收起了自娱自乐的性格，病人躺在那心情不好，你不能在一旁唱歌、听歌、打电话的。

徐长美偶尔也会和投缘的病人拉起家常。自己是家中的老小，上面有两个哥哥。从小家里生活不错，母亲在村里开了个超市，每天早上还会烙大饼、炸油条售卖。父亲开了个酒厂。读到高二，徐长美就不上学了，到父亲酒厂做了会计。

家里最感荣耀的是二哥二嫂，那时候他俩是村里仅有的大学生，后来出国留学，定居在加拿大。大哥做生意，二哥经常出钱帮他，给他投资盖了40间厂房，设备全上好了，结果生意不顺，赔了个精光。后来大哥的儿媳妇生了对双胞胎，其中一个是脑瘫，在保温箱里抢救的费用都是二哥出的。

每次二哥打来越洋电话，问徐长美过得怎么样，她都回答“挺好的”。虽然曾经背着30万元的外债，但她没有开口向二哥要过一分钱，二哥这些年帮扶大哥已经花了不少钱，她不想开这个口。

小时候父亲总说：一个妈生的，你俩怎么就不像你二哥呢？那会儿，徐长美和大哥很贪玩，一有时间就钻进庄稼地里，一帮孩子蹲在地上逗弄各种虫子玩，那可是大自然赏赐的玩具。

二哥却从不理会这些，他整日待在家里也不出门，老是看书啊、看书。

徐长美懊恼地狠狠捶了几下大腿，心里暗气道：虫子有什么好看的，如果当初自己也好好上学，起码有个正经工作上班，不用像现在这么操劳。但转念一想，人们是否也如这自然万物，豆虫、蚂蚁或者是天牛，各有各的忙碌。

想到这些，徐长美便不再执念。每当有月牙儿照进病房，徐长美总是虔诚地许愿。如果上弦月可以帮人圆愿，她要求的不是关于时光逆转，而是关于未来，她希望一家人能够团聚，过得平安就好。

这些年，徐长美一家人散落在不同的城市，丈夫在外地干工程，只有春节能回家团聚几天。赶上疫情，两口子已经四五年没见面了。

刚来城市里打工那会儿，丈夫还在家操持，经常问她：什么时候回家？想你了。后来，丈夫也去了外地，在工地上干电焊，每天晚上十点才下班，常常累得回到宿舍倒头就睡。徐长美每天照顾病人，琐事很多，也没有时间打电话、发短信。两人的交流慢慢减少，微信里偶尔沟通的都是女儿们的工作和生活、父母的身体。

当分离成为生活的常态，丈夫的那句“想你了”已经很久没听到了，它淹没在时间和空间的鸿沟里，慢慢埋进心里，再不曾习惯说出口。好像他们的生活就是把孩子养大，把钱袋子填满。

她扳着手指头盘算：自己今年53岁，再干个五六年就回家，到时候给自己买条项链犒劳一下。项链不用买贵的，几百块钱的就行。她看别人戴着亮闪闪的首饰，已经羡慕了很久。

老家的熟人只知道徐长美在大城市打工，却不知道她干的是护工，她有意隐瞒了这些消息。“伺候人”的活儿总是不太体面，女儿们都长大了，她怕孩子们被人笑话。一起长大的同学面前也要留些虚荣，大家都以为她过得很好，还有同学管她叫“富婆”。

一想到“富婆”的称号，徐长美便不自觉地笑出声来。她伸一个懒腰，躺在陪护床上小憩。窗外的街灯明暗闪烁，远处的居民楼一户户熄灯入寝，只剩一轮月牙儿孤零零挂在天边。

病房楼下马路边24小时便利店门口，店员坐在马扎上抱着录音机听音乐解闷，一个绵柔的女声在轻轻吟唱。徐长美知道那首歌的歌名《想你的时候问月亮》，她在心里跟着默默哼唱：想你的时候只能问月亮，问问月亮，思念它有多长……

本文刊发于《美文》2023年第12期上。

她车厢，装满一座城的暖

公交车是城市文明流动的风景线，我们在十米车厢里短暂相遇，感受城市的微风。青岛西海岸新区有一条特殊的公交线路——真情巴士18路线，从黄岛轮渡和电影学院车站双向发车，全程25.4公里，单程行驶时间至少70分钟，它途经4所大学、6所中小学、主要商圈和啤酒城、金沙滩等景点，是外地游客观光、市民日常出行的主干线路，也是城市的一条“明星”线路——它由55名女性驾驶员负责营运，是“全国巾帼文明号”。

（一）

2023年5月17日一早，休假中的陈云姣被“叮咚”一声响的手机铃声叫醒，屏幕上亮闪出一条微信信息：陈师傅，我过几天要去西海岸旅游，到时候我们见面啊。

发短信的人来自厦门，陈云姣一下子便想起了她——4年前结识的一位乘客，她们经常在微信里互发表情包问好。

回忆起2019年的夏天，这位游客带了20多人的自由行旅游团，要去金沙滩逛逛，一行人乘坐黄岛18路车，当时陈云姣车上有实习司机在开车，她则站在驾驶室一旁指导。这位游客便上前来询问：下车怎么走，附近有哪些景点等等。陈云姣听她是外地口音，一一耐心解答后，还嘱咐道：“晚上冷，要多穿衣服啊。”游客大姐觉得陈云姣很热心，便互留了电话。

在青岛旅游的几天时间里，陈云姣成了这个旅行团的“兼职导游”，去哪里住便宜，去哪里吃新鲜的海鲜，去景点怎么坐车……他们总要打个电话来询问一下陈云姣的推荐。

临走那天，陈云姣还开车带游客大姐去唐岛湾公园转了转，并把她送到了机场。

这不是陈云姣第一次因车厢与外地游客结缘。她的手机里存着200多位乘客的电话、微信，许多游客从问路、寻求帮助开始，与她成为朋友。

2018年夏天的一个晚上，一位乘客走到正在开车的陈云姣身边，询问附近有没有旅店。陈云姣看了一眼方向盘旁边数字屏幕上跳动的时间，此时已是晚上10点多，一个外地口音的单身女人，让她不免有些担心。

在站点停车时，陈云姣仔细了解了她的情况。大姐姓刘，来自枣庄，受家人委托来送考上大学的外甥。安顿好外甥后，她随便坐了一辆学校门口的公交车，谁知迷失了方向，又没有预订住宿的地方，一时有点儿慌乱。

陈云姣给她一一介绍附近的住宿地点，并把电话留给了对方。头天刚上完夜班，第二天一大早，陈云姣不放心，给刘大姐打去电话，“昨晚住得可好？今天想去哪儿玩？”

“我想去看看大海。”刘大姐回答道。于是陈云姣就开车带她去了西海岸的东环岛路，被海风吹拂，刘大姐的眼睛里满是星星泪光，她黯然地说：“我有一个孩子，很小的时候生病走了，他有个愿望，想去看一看大海。”这次短暂的陪伴，让陈云姣与刘大姐的心从陌生一下子拉近了。

转眼到了2022年，细心的陈云姣发现刘大姐最近“冷淡了”，自己发的问候短信，她好几天都没有回复。于是便主动打电话问问她的情况，电话那头的刘大姐情绪低落，说:“老头子刚查出来得了重病。”放下电话，陈云姣不知如何安慰她，默默在微信上给她转了1000元钱。

没过几天，一封5页纸的手写信寄到了陈云姣的单位，刘大姐在信里说:“想起陈云姣这个名字，就会令人(感到)好温暖，直到今天念念不忘……”

今年50岁的陈云姣开公交车已经13年了，在做这份工作之前，她有过很多工作经历，销售、冷库叉车司机，等等。“开公交车是我最喜欢的工作，因为可以认识天南地北的人。”她笑着说。

(二)

刚刚过去的母亲节，上初中的女儿给妈妈刘娟做了张贺卡，上面写着:给我“心真大”的妈妈。

女儿的“埋怨”是有原因的。刘娟做公交车驾驶员这份工作已经十几年了，早班从四五点开始，晚班要到晚上11点多，没有时间送女儿上学，女儿从一年级开始就自己上下学。

女儿自己坐车的头一个星期，刘娟每天早晨骑着电动车悄悄跟在她所坐的公交车后面，“我藏在人行道的绿化树旁边，看着她背着大大的书包，下了车，过马路，爬上小小的坡道，走进学校。”回想起那些场景，刘娟的鼻子有点酸。

“你那会儿年纪小，每天很兴奋地嚷嚷着:我会自己坐公交车了！现在长大了，开始埋怨妈妈了。”看着女儿的贺卡，刘娟无奈地拍了拍她的头。

其实刘娟可不是个粗心的人，相反工作中她还很细心。

2021年她驾驶18路车走到一处红绿灯路口，后排座位上有个七八岁年纪的小男孩突然冲下台阶，站在车门口着急地大喊："过了，过了。"见公交车穿过路口还在行驶，小男孩急得大哭起来。刘娟听得一头雾水，一边开车一边问他："过来跟阿姨说，发生什么事了？"

小男孩踉踉跄跄地走到驾驶室前，抽抽搭搭地说：自己在车上睡着了，坐过站了。刘娟笑着安慰他："没事儿，一会儿到下一站，我给你爸爸妈妈打个电话。你是个小男子汉，不哭了。"小男孩这才用袖子擦了擦眼泪，点了点头。

到达最近的车站后，刘娟与孩子妈妈联系。妈妈让他到马路对面，坐别的公交车返回。刘娟看到马路上车流穿梭，对面的站点离这里直线距离也有几百米远，不放心让他自己过马路，于是就站在车头前征求乘客们的意见："你们能不能稍微等一会儿，我把这孩子送过去。"

车上的乘客异口同声地说："去吧，去吧。"

刘娟便把孩子送上对面的车站，跟驾驶员交代好：务必把他放在指定站点，他的家长在等他。

送走男孩后，刘娟约莫着那辆车的行驶时间，停站时，又给孩子妈妈打了电话，对方说已经平安到家，她这才放下心来。这段小故事的视频后来在网络上的播放量一度攀升到一千多万，有网友留言：太暖了，希望孩子在外，都能遇到这样的好人。

（三）

"下班后我们去哪儿吃饭啊。"下午 1 点多，18 路车早班车驾驶员们陆续下班，班组长封守花招呼大家找个地方一块吃午饭。

"封姐，想吃你做的水煮鱼了。"有人说。

"那没问题，走，去我家，今天我当大厨。"封守花爽快地答应着。

带着四五个姐妹回家，封守花去路过的菜市场杀好鱼，回家三下两下就整了一桌菜。封守花烧得一手好菜，平日里班组的姐妹们下了早班，隔三岔五就到她家聚餐。

别人都在闷头“干饭”，封守花却有心插入点工作的话题：“小张，最近车厢卫生有待加强，下次得注意了。”封守花在后台看到了自己组里同事的通报记录。

这样的“提醒”发生在饭桌上，就显得比较自然，比硬生生的通知更加贴心。封守花带领的班组有27人，她把每个姐妹的脾气都摸透了，工作上达成一致，同事间搞好关系，就会像一股绳一样拧在一起。这样的工作方法确实有效，她的班组已经坚持3年“双无”——无投诉，无安全事故。

“封姐的小组已经坚持3年无投诉了，我们组才只有一年无投诉。”另一个小组的班组长于凤娟有些着急。

要知道，一辆公交车，33个座位，一圈运营最多可承载一百多名乘客，一年下来怎么也得百万人次乘客了吧，要让这么多人都满意，也不是一件容易的事。

有一次于凤娟驾驶的公交车上来一个开旅行社的导游大姐，她抓着车顶把手，站在车厢中央大声吆喝：“出门旅游报团就找我，价格便宜，玩得好。”随后她开始滔滔不绝地介绍起线路来。

“大姨，您扶好了，别光顾着说话啊。”驾驶员于凤娟迂回地提醒她。导游大姐还是自顾自地在讲着，终于乘客们都忍受不了，差点与她吵起来，有乘客更是怒气冲冲地找到驾驶员于凤娟要她“管一管”。

虽然影响到其他乘客是事实，但是这事也不能硬管。于凤娟把车停到站后，赶紧去“灭火”，她走到导游大姐面前说：“大姨，您在车厢里一直讲，分散我注意力，影响我开车，这么一大车人的安全呢，万一出点事，对谁也不好，是吧。”见导游大姐低头不说话，于凤娟又说：“你看，我这个人喜欢玩，要不咱俩加个微信，下了班你讲给我听，我帮你组织亲戚同事，我们单位的同事也有很多人呢。”

一场纠纷就这样化解了，“一些小矛盾处理不得当，就容易引起大冲突。”作为班组长，于凤娟不但要处理好车厢里的问题，还要疏导驾驶员姐妹的情绪。

“我最怕半夜接到同事电话，电话一响，我心脏就突突直跳。”有一次于凤娟半夜11点多接到了同事的电话，以为是车厢里有纠纷，结果是同事和孩子吵架了，找她来倾诉。青春期的孩子们，遇到一个不常着家的妈，发生冲突是常事。

“孩子大了，要说软话，不能老说硬邦邦的气话……”于凤娟坐在客厅沙发上，陪同事聊了两个多小时，直至她的情绪稳定下来。

于凤娟心里明白：带着情绪上路，对驾驶员来说，是很危险的。“家事也得管一管啊。”她说。

（四）

2004年，18路线正式投入运营。这条线路是外地游客前往景区、市民日常生活、学生上下学的主干线路。每天从后视镜里环视车厢，女驾驶员们往往更具细心的观察力。在她们眼中，人间故事每天都在上演。

封守花对一对母女印象比较深刻。母亲看上去40多岁。女儿患有痴呆症，20岁左右的年纪。每天母亲都带着女儿坐18路车出去溜达散心。女儿上车后有时候会挥舞着胳膊大喊大叫，封守花总是帮她们向乘客们解释：“她不会伤人的，放心。”有时候到站了，女儿脾气上来了，坐在车上跟妈妈对峙，就是不下车，封守花也会帮妈妈一起安抚她，再把她扶下车。

18路车最早一班车从黄岛轮渡站出发时间是凌晨五点半，最晚一班车到晚上11点多。中途有一站可以到达一个大型劳务市场，扛着工具箱、编织袋的打工人总是头班车的乘客，同时他们也是末班车的乘客。

“早上坐车时都是神清气爽的，有说有笑的，干了一天活，晚上回来时一身疲惫，靠在车窗那歪着头就睡着了。有时候，被颠醒了，就打个电话给家人：‘我买了馒头，你炒个菜吧，我一会就到家了。’”封守花总是很心疼地看着他们，“他们看上去和我父母差不多的年纪，在城市里打工真不容易。”

每天乘车都能混个脸熟，打工的人们上车时也喜欢跟驾驶员刘娟打招呼：“这么早啊。”刘娟回应着：“去干活呢。”打工人摇摇头叹气道：“一年到头，一天班都不歇，挺累的。”刘娟安慰他们：“咱们都是打工人，你快去后面坐着歇歇吧。”

18路车行驶在城市的主干道上，车窗外每天都有新变化，越来越多的高楼拔地而起，主干道扩展到八车道、十车道，城市在飞速发展，离不开这车厢里早出晚归奔波的打工人啊。

18路车还途经啤酒城，是啤酒节期间的主要营运车辆之一，在这期间，晚班车将营运到晚上12点之后。

路过啤酒城的晚班车，总是带着一些微醺轻松的气氛，刘娟笑着回忆道：“有些游客从啤酒城出来，见到我们就说：‘这么晚了你们还工作啊。’我就开玩笑地说：‘我们要是不工作，你们怎么回家啊。’乘客们笑笑说：‘你们真的挺辛苦的。’”

“有时候到了终点站，我们有同事看到乘客站在路边不好打车，也会开私家车把他们送回酒店或家里。”那些在啤酒佳酿里尽兴的人们，也被城市里这些实实在在的、温暖的细节包围着。

“您好，欢迎乘坐真情巴士18路车……”每到一站乘客上车，女驾驶员们扬起右手，说出一句迎宾语，这是巾帼线的服务特色。小小的十米车厢里，发生过很多火遍网络的温暖瞬间：一位伤心的女乘客坐在车上哭泣，驾驶员给了她一个“爱的抱抱”；有驾驶员弯腰为乘车老人系鞋带，网友称赞“你弯腰蹲下的样子真美”……这样温暖的车厢，也被乘客们记在心里。

有每天坐车的老大爷，每次下车时都给女驾驶员们塞点礼物——两三块糖果、一个苹果或者是一个小橘子。

有外地游客专程来体验18路线：“听说你们都是娘子军，全国巾帼文明号。”“第一次坐氢能源车的公交车，你们女司机开车真稳，青岛的环境真好，干干净净的。”

（五）

2023年5月16日下午两点多，刚下早班的驾驶员于凤娟、刘娟、董巧艳、封守花四人开车赶往养老院给老人理发，她们都是“爱心妈妈”志愿服务团队的成员，服务队是驾驶员陈云姣在2005年带头发起的。“爱心妈妈”志愿服务团队先后资助5名“春蕾”儿童，其中一名孩子于2021年考入大学。由18路女驾驶员们与这名孩子真实故事改编的《绽放》还入选了全国妇联巾帼志愿服务“十大暖心故事”。

养老院里老人们拿着号码牌，已经早早等在大厅。封守花打开随身携带的理发工具箱开始忙活起来，当公交车司机前她曾开过理发店。

“我想要一个齐刘海。”“我的偏分打薄一点。”老人们纷纷提出自己对“时髦”发型的要求，只见封守花交相挥舞剪刀、推子，其他人清理头发渣，打打下手，老人们的发型顿时变得精神起来。

给二十几名老人理完发已是下午 5 点多，于凤娟开车，带一行人行驶在回家的路上。路口拐弯时见她摆出架势要拐大弯，姐妹们开始打趣她，“这是小车，不是公交车。”开惯了公交车总有一些职业习惯，比如看到站牌开着小车也要过去停靠，右手还摸索按钮，想要开车门。

“我开车时，都不让我老公坐副驾驶位置，要不他老是唠叨我：‘这辈子你就只会开公交车了。’”于凤娟笑着说。在公交车上干了 27 年，她还有 3 年退休，“公交这一行，没有节假日，退休后要好好享受一下假期。”于凤娟在心里这样憧憬着。

上个月，陈云姣、于凤娟、封守花等几个小组长一起为巾帼线的女驾驶员们挑选了一个漂亮的胸花领结，别在领口处。上面是白色珍珠花，下面是蓝色飘带，“希望我们驾驶员每天都平安，我们的乘客也平安。”小小的车厢里升腾着美好的祝福。

在青岛真情巴士集团里，光女职工带头成立的志愿服务团队就有 9 支，她们的名字闪耀着星星般的光彩：有获评“全国巾帼文明岗”的巾帼 18 路线，班长陈云姣带头发起成立的“爱心妈妈”志愿服务团队，还有韩芳发起成立“滴水真情”志愿团队、周海波发起成立“微笑”志愿服务团队、刘雪飞发起成立“爱同行”志愿团队、薛冰洁发起成立“守初心担使命”志愿团队……她们传递女性的温暖，常态化开展扶危济困、尊老爱幼、交通疏导等志愿活动，长期帮扶百余名老人和儿童。

“欢迎您乘坐真情巴士……”当车厢里响起熟悉的声音，温馨的故事每天都在上演。真情巴士公交线路上的女驾驶员们，用真情的画笔渲染人间，成为城市文明建设的一张亮丽名片。

和煦的风吹过，车窗外流动的街景美丽又祥和。

本文部分章节刊发于《中国妇女》2023 年 7 月上。

一条幸福的七星河

春风又拂杨柳岸。从冬日里苏醒的七星河像一条光洁的白丝带，潺潺流淌在大地上，涟漪细流叮咚作响，田野上似有歌声合唱——“河水清清心上流，乡愁悠悠润心窝”。

不远处，张建东行走在垄间，他身旁的西红柿大棚里一片欣欣向荣的景象：翠绿的枝条漫卷，它们扬起脖颈儿，仿佛已经把汁水提到了嗓子眼儿，一旦与阳光雨露遭逢，嫩黄的花苞便支棱着傲放开来，一串串的果实便密密地鼓胀起来。

三年第一书记履职，张建东见证了七星河新村变美变强——数字化智慧农业玻璃温室，一座座高标准蔬菜大棚拔地而起，农民作坊里生产出“全国名特优新农产品”，“国家农村产业融合发展示范园”落户……

田畴织绣金，沃野好丰景。这场乡村巨变还要从三年前说起。

（一）

“七个村七个样儿，怎么捏成一块泥儿？”上任第一天，张建东就听到了一些牢骚话，他把这个问号写在日记里，捏钢笔的手悬在案儿上方，停留许久。

那时，一个叫“七星河”的新村刚刚成立，七个自然村如北斗七星毗邻散落在七星河畔，聚力求发展，路在何方？

村级党支部班子建设是农村工作的一号工程。“村官”，看起来是芝麻大都不如的官，其实是农村工作的一块基石。这块基石动摇了，再高的大楼也不稳当。

张建东沉默着，他视线移向窗外。

第一书记任期三年，终要离开，摆在面前的首要任务，是组建一支过硬的党组织队伍，让他们长久地铆牢在这片土地上，继续打好这场乡村振兴的硬战。

“成立联合党支部，把党组织建在产业链上。”张建东提出一个捏合的思路：组织建设网格化党支部。

智慧农业项目落户在左家泊、胡家疃，两村成立第一网格党支部；几百个高效设施农业大棚位于簸箕掌、新店，两村成立第二网格党支部；特色文旅产业落在龙湾庄三个村附近，促其成立第三网格党支部。

“这个主意好！”莱西经济开发区党工委领导听了很兴奋，啪的一声拍响桌子，说：“党组织的战斗力就是要放在推动村庄主导产业发展上。”

“班子立起来了，咱农村干部的思想也要跟着提升起来啊。”张建东眉头紧锁，他在做更长远的打算。前期他走访观察过一些班子会议，有些村干部的工作方法让他看了直摇头。

不遇着重大事情，还看不出来，真遇到事儿，工作就难以开展。

前几年镇上引进智慧农业大棚项目，需要一个村流转 300 亩地。此村的村书记自知做不通群众工作，导致项目落到了其他村，好村慢慢落了伍。

“屁股要和农民兄弟坐一条板凳上，”张建东给新班子定了一条不成文的规矩：遇事必须开会商量。开会的过程是统一思想的过程，吸收别人好的观点进来。让群众知情，有事商量着干，给群众说明白。

那段时间，全体党员会都拉到大广场上进行，学习党的方针政策，讲规划，讲项目落户，讲七星河的发展前景，逢会讲，见面讲，天天讲。

“七星河，七个村，聚是一团火，散是满天星。”——大喇叭里声音洪亮如钟，在耳边回荡，广场上空红旗猎猎，一场振兴乡村的攻势，蓄势待发。

（二）

新村党委班子成立没多久，面临的第一个难题便是清障倒地。

中建材智慧农业产业园等大项目即将落地，有些村民意见不统一，项目进度一度停滞。

为打消村民顾虑，张建东带领新村党委班子，会同投资方召开了“项目说明会”，将“为什么建项目？项目要做什么？将来前景怎么样？能给村里、村民带来什么？”一一说给村民听。

一日，张建东正带着左家泊村的村民到中建材凯盛浩丰智慧农业项目一期落户地胡家疃村参观，“这是目前国内智慧化程度最高的玻璃温室大棚，它的产量也很惊人——已建成投产的一期210亩智慧玻璃温室，定植16万株番茄……”园区工作人员正在给村民们介绍生产情况，突然人群中有个声音跳出来：“我的地要种黄秋葵，倒地，我不干！”

那声音明显掺了气愤的情绪，显得高低不平。

循声望去，只见一个黝黑脸盘的老农双手抱臂，双脚像木桩一样杵在地上。有人小声嘀咕道：这不是倔老头老战嘛。

“你等我会儿，我给你解释啊。”张建东侧身钻过人群缝隙，走到老战身旁。

“老哥，你今年多大了？”张建东问道。

“71！”老战扭过头去，气呼呼哼了一声。

“那你还能种几年地？”

“十年没问题！”老战昂着头，拿余光瞥了张建东一眼。

“那十年以后怎么办？”

“我儿子种，我孙子种！”老战扔下一句气话，头也不回地走了。

翌日，张建东和村党委班子一块来到老战家里。他先是一愣，随即依然摆出一副不理会人的样子。张建东顺手搬个马扎，凑近他身边坐下，“老哥，村里有一个规划项目，想说给你听听。”

老战依旧不作声，吧嗒一口烟袋子，吐出一串烟圈。

一直工作在三农战线上，张建东深知，发展现代农业，这是方向。农村需要用工业理念推动现代农业的进程，这是老百姓一家一户干不了的。

可是这个理儿怎么跟咱农民兄弟说明白呢？“这个智慧种植园回本以后，每年产值能达到一个多亿。这里将来需要的都是高技能人才，需要的是年轻人，大学生、研究生乃至博士生。”说完这席话，张建东看着老战的脸，烟圈散去后稍微舒展了一些。

“这是好事，签了吧。”老战媳妇也在一旁相劝：“就你那两亩地，还指望儿子、孙子能从城里回来，接班那些泥腿子的活儿？”

老战把烟袋往地上一嗑，长叹一口气，“哎，种了一辈子地，我这不是舍不得嘛。”

几个月后，种植园顺利投产。缀满枝头的西红柿，红的喜庆、黄的耀眼。身着统一服装的菜农开着自动化小车，穿梭于立体番茄种植架之间忙着采摘。

村民们简直不敢相信自己的眼睛，围观着啧啧称赞：“真没想到庄稼还能在这么干净气派的大楼里种。”

“听说这是荷兰引进的技术，每株都有一根细管，电脑根据每棵蔬菜的情况进行水肥、光照、温湿度控制。”

人群中的老战，吃惊地张大了嘴巴，地还可以这样种？！听到大伙儿在讨论一个新名词——“慧”种地，他服气了：确实比我会种地啊！

（三）

“张书记，你快过来看看，西红柿叶子都蔫了。”一大早，七星河新村簸箕掌果蔬合作社负责人陈树明火急火燎打来电话。

不出半晌时间，张建东联系的青岛农业专家赶到，一番查看后得出结论——灰叶斑病。专家给开了对症的药，喷涂几次后，秧儿便恢复了活力，苗儿又窜绿了。

“头一次遇到这种病，俺们都当枯萎病治呢。”簸箕掌村有30多年种植西红柿的历史，陈树明等一些老农户凭着经验用药，差点出了岔子。

簸箕掌果蔬合作社是个占地200亩的大园区，47个高标准设施农业示范大棚整齐排列，钢筋骨架为作物生长撑起一方舒适的天地。修渠、挖塘、蓄水、铺路，用的都是财政专项扶贫资金。

小的棚一亩，大的棚两亩，一亩地产量6000斤……陈树明脑子里有一个算盘，算盘珠子记起账来，噼里啪啦直冒火星子。

偌大的产业园，是村集体的钱匣子，守园的陈树明可不敢有半点马虎。在他眼里，张建东就像园区工人一样，遇着事了，管它半夜还是凌晨，一个电话就打过去，那是毫不含糊。

他还记得当时赶工建园区时，张建东和新村党委班子成员天天来看进度。正值雨季，大雨点像豆粒，下得急又密，工地上空荡荡一片泥地，没处躲雨，顷刻间人全成了落汤鸡。

半年前，园子还在施工，张建东便带着村里几十个大棚户赴平度崔家集学习经验，那里种植一种小西红柿，一个棚年产值二三十万元。“咱看看能不能把这块金疙瘩挖过来。”张建东说。

到了崔家集，几个种棚老把式捏了捏土，观察了苗，摇了摇头：“人家是碱土，咱地里往下一米深，是红土。”

在大棚户们讨论种植啥品种的会议上，张建东眼睛落在每个发言的村民身上，问道：“一样出力，咱为啥不种点贵的品种？”

“没种过的，咱不会看管，生病了咋办？”村民们有疑虑。

“有好品种，你们放心种，技术方面我请专家来给大伙儿讲课。”张建东的话让大伙儿有了主心骨。

新品种陆续落地大棚，转眼到了丰收季，棚里像挂满了红灯笼。那红绿相间的西红柿先是装进篓子，篓子再装上收菜车，随着油门突突响，它们便蹦跳着消失在高速公路尽头。

村民们争着抢着来园里打工，仨俩噶伙打理一两个大棚，一天工钱一百多，一个月算下来能拿六七千块钱，不出家门口就能把钱挣了。

农忙时节，陈树明喜欢站在园区门口，乐呵呵目送收菜车和村民们走出园子，傍晚的霞光照在每个人的脸上，飞起的红晕，像熟透的西红柿一样红彤彤。

（四）

“我卖 8 块钱一斤，人家园子里的西红柿咋卖到 12 块钱一斤呢？”左家泊村民左言奎蹲在大棚里，他摘了一个已经泛红的西红柿端放在手掌心儿里，仔细打量，“园子里的西红柿，屁股更绿。”思量了半天，他总结出这样一条。

隔着两三垄地远，正在采果的媳妇站起身，拍了拍身上的土，说：“你在那儿瞎琢磨有啥用？！明年咱也种那贵的。”

左言奎是个种植大户，两口子打理着四个棚，等到收获季，城里农贸市场有几个老主顾会赶来悉数收走西红柿，年底一算账，保底收入也得20多万块钱。

一到挂果开始泛红，他便沏壶茶，跷二郎腿，大棚门口端坐着，眼睛笑成一条缝：“咱可比在城里打工强。”

自从邻村簸箕掌果蔬合作社开工种植，他没事总要过去溜达溜达，这一瞅可发现了不一样。新村党委搭建起七星河农产品销售平台，联系了青岛菜篮子工程、青岛总工会等大宗采购，还邀请网红主播们来地头直播卖货。农民只管生产，平台公司来管销售。

直播间卖货时，他凑过来盯着屏幕看花了眼，弹幕像雪花一样纷纷落，十斤、五十斤、一百斤……订单数字在屏幕上蹦跳着，眨眼间几千斤就订出去了。

“咱得学习啊，要不然跟不上新玩法。”左言奎心里想。

“地头讲堂”一场接一场，青岛农业大学教授来讲《新时代如何用好互联网促进智慧农业发展》，讲如何防治病虫害，青岛市智慧农业服务中心举办智慧农业知识培训……每场讲座左言奎都没落下，小本本记得密密麻麻，回家挑灯再细细琢磨一遍。

“吆，上学那会儿也没见你这么用功！”媳妇打趣他，他只抬头嘿嘿笑着回应。

“你瞅见没，最近咱邻居们都在翻新建大棚呢，听说村党委可以帮着向银行贷款。”媳妇见他光顾着低头看笔记，也不说话，碰了碰他的胳膊肘。

“我早就发现了，咱棚旁边就盖起来好几座新大棚。”左言奎说。

病了没处治，挂果没销路，前几年村里很多老旧的西红柿棚都废了。下过雨后，大棚的土墙倒塌一片，成了危棚。

“种洋柿子，不如晒阳阳（方言，晒太阳的意思）。”村里流传着这样一句顺口溜。

2022年年初莱西突发疫情，正赶上大棚里的西红柿上市，拖一天时间就要烂掉好几筐。在第一书记张建东的多方联络下，超市商场、大企业采购等渠道的收菜车开到了簸箕掌果蔬合作社门口，采用无接触方式收菜，左言奎这样的种植散户也搭着合作社联系的销路，卖掉了滞销的西红柿。

销路有平台，病害来了有专家，没钱可以贷款——没了后顾之忧，很多村民重拾了营生，西红柿又红红火火地挂上了枝头。

“东邻居干了，西邻居干了，你还能自个儿坐在村口晒阳阳？”被拽了一下胳膊，媳妇顺势一屁股坐在旁边，左言奎嘿嘿一笑：“咱得一块学习！我来给你讲讲。”

（五）

“咱村四个农产品获评全国名特优新农产品，恭喜石磨香油、史家烤鹅、蔬菜手工挂面、手工玉米饼。”七星河新村工会群里一条消息溅起声浪，顿时像炸开了锅，恭喜道贺的表情包眼花缭乱地跳动起来。

此时，史松林正蹲在香油作坊里炒芝麻，看到这条信息，他赶紧把炒铲撂一旁，戴上老花镜，确认没看错后，使劲拍了一下大腿，说：“哎呀，这回咱算是给老辈儿争脸了。”

东龙湾庄二村香油合作社成立没几个月，第一炉芝麻香就飘向了全国，这可是天大的好消息啊！

一年前，张建东在七星河文化节的集市上，看到了史松林的香油摊。一张红纸斜斜挂在摊前,上面写着几个歪歪扭扭的大字:古法香油,现磨现卖。两个球形的搅拌器一上一下,搅动一锅油浆,医院里打点滴用的瓶子简单洗刷后,用来给顾客分装香油。

其实,东龙湾庄二村香油制作历史可追溯上千年,北宋崇宁年间,河南一对兄弟徙居龙湾庄,带来了独特的香油加工技术。小有名气时,全村一百多户人家都靠这门手艺谋生。后来有人往香油里掺豆油,日渐坏了名声,香油作坊纷纷关门,如今只剩寥寥几户。

张建东找来第三网格党支部书记史永利,让他召集香油老手艺人开会商议,“咱能不能重振传统手艺?”张建东问道。

“能有销路?这事能行?”村民们你看看我,我看看你,眼里透着迷茫。

史松林的香油作坊,就位于家里一间偏屋内,老辈留下一套设备,生产香油也是有一搭没一搭,一年挣个千数块钱,勉强当个营生干。“集上卖卖就够本钱了。”他低着头没发言,心里却在打退堂鼓。

“过几天,村里的土特产跟着电视台组织的助农惠民平台,去青岛社区展销,咱香油户也跟着去卖卖吧。”张建东见这场景,便明白工作也不是一天能推动的,容大伙儿再想想吧。

史松林便跟着进城了。打点滴的瓶子往桌上一摆,城里人弯下腰,低下头,仔细瞅:这是啥?史松林答:香油。

“质量可不可靠?执行的生产标准是什么?”城里人围了一圈又一圈,只当个光景看,并没打算买。

史松林一头雾水,说话也磕巴起来:啥、啥叫标准?

展销回来后不久,张建东便组织东龙湾庄二村的香油户们去平度学习,平度店子火烧也是当地的传统手艺,“咱去瞅瞅,小作坊如何能做成大市场。”张建东笑着说。他心里想:往这冷炉子里再填把火，这回总能烧起来了吧。

“书记，我们干！一定能干出名堂来！”考察回来后，史永利立马表态，决定带头重振香油巷的名气。

史永利、史松林几个香油户合伙出资20多万元，香油合作社成立后的第一件事便是，申请注册了芝麻油国家标准。干了几十年香油营生，史松林拿着带钢印的证书，有点激动：“俺这正经儿香油，也有身份证号码了！”

他们租了村里一处废旧的老房子，重新翻修。灰瓦白墙，出檐起脊的瓦房，原木色的牌匾，上书几个苍劲大字：沁香润磨。古色古香的香油坊红火开业了。

开业正赶上八月十五中秋节，搭借七星河新村农产品销售平台，香油一炮打响，当月销售香油万余斤。仓库摞满待发货的香油礼盒，每次翻动小账本，史松林笑得嘴角都要咧到耳根儿了：开业一年，合作社生产能力40多吨，产值300万元。

正在偷着乐呢，口袋里手机轻震，他用手指滑动解锁，看见微信里的未读红点，史永利在合作社群里留言：“下午开会，咱商量一下，向银行贷款，明年继续扩大生产规模！”

（六）

东龙湾庄二村的芝麻香满溢，东龙湾庄一村的烤鹅在炉膛里，正吱吱冒油哩。

村民史孟涛提着饲料桶走进养鹅场，刚孵化出来的小鹅立马围拢在他脚边，淡黄绒毛的小鹅，个个胖乎乎，脖子一扬，小嘴用力向上一撅，便将掺着玉米粉和蔬菜的饲料，一口吞下肚儿。

史孟涛家烤鹅手艺也是祖传的，以前就在附近集市上卖一卖，跟着七星河新村组织的助农惠民平台，他和媳妇第一次进城卖烤鹅。

头回参加展销会没自信，夫妻俩只带了几十只烧鹅，没想到挺受欢迎，不消一会儿便卖光了。摊前围满热心消费者，七嘴八舌给他俩提建议：腿的味道轻了，料放得有点多，肚皮肉太硬，咬不动。

回来后，他俩就琢磨着改良配方：肚皮肉烤得时间短了，肉质发紧；家里老辈传下来的配方用了30多种草药，有些调味过时了，有些味儿又太冲，精简了一下配方。

改良配方后，烤鹅卖得更火了。临近年根，史孟涛添了十台烤炉，每天昼夜不停转，雇了村里十几个工人，都赶不完每天二三百只的订单。

“张书记说的真在理，人在村里，思想不能在村里。咱得多出去走走，看看，交流，学习。”史孟涛提一把钩子，将烤鹅递给媳妇。

“你别说，遇到高人指点，进步十年哩。”媳妇边说边接过烤鹅，装袋、塑封、打包一气呵成。突然她停下手里的活，瞪大眼睛盯着史孟涛：“你刚才说的一串词还挺押韵。”

史孟涛挺直腰杆，说：“张书记都说我是能人哩！”

七星河七个自然村，几乎每村都有小作坊制作的历史。对于这些创业作坊户主，张建东称他们为“能人”，他有个想法：在“能人”身边立项目，让能人带着大伙儿一块致富。

新村党委曾经摸底过一份名单：种植、养殖、玩具制作、餐饮、金融服务、电商……满满五页纸，近百个“能人”各有各的十八般武艺。

定期召开的“能人”见面会上，大家你一言我一语地碰撞火花，确定了“一村一品牌”的发展路子，烤鹅、烧饼、七彩挂面、杂粮饼子、石磨香油等七个产品共同注册了“幸福七星河”商标。

牌子立起来，路子越走越宽。每年举办七星河文化节，秧歌扭起来，农产品摆起摊。定期参加城里的惠农展销会，联系大单位采购，网红直播带货，就连张建东和新村党委成员的微信朋友圈都在帮村民们卖货。

“不管什么渠道，能卖货就是王道。”“能人”议事会上，张建东鼓励大伙儿继续拓展销路。

史孟涛站起身来，嘴角一扬：“书记，用俺们当地话讲，就是——蚂蚱菜，古扎菜，剜到筐里的都是菜。”众人顿时笑作一团。

（七）

晚上7点多，东龙湾庄三村王云静的手机上响起一串熟悉的号码，“你在厂子里吗？”电话那头是张建东的声音。

“我在呢，书记。”话音未落，张建东便带着一人走进来，“这是莱西市委领导。”他向王云静介绍道。

原来张建东去莱西市政府参加活动，遇见市委领导，便向他讲起村里致富带头人王云静的故事。两人忙完工作，当晚便赶来调研。

“王云静是咱村土生土长的孩子，娘家在胡家疃，婆家在东龙湾庄三村，大学毕业后回村里开了外贸工厂。”张建东一边介绍，一边用胳膊肘碰了碰还愣在原地的王云静。

“今年订单怎么样？”张建东问。

“订单都排到明年了。”王云静这才回过神来，招呼二人坐下。接着，她介绍了工厂的情况：加工的家居服出口十几个国家，用工百余人，每年发放工资600余万元，年纳税40多万元。

“我们已经注册了自己的品牌，今年想尝试以自主品牌出口，这样利润更大。”王云静说着，看向张建东，“这都是张书记给出的主意，两条腿走路，国内国际双循环。”

市委领导听了，兴奋地提高了声音："这个主意好，等你的品牌生产出来了，可以纳入咱'莱西有礼'特色产品里，政府帮着一块往外推介。"

"我们这位女企业家还想进军农业领域呢。"张建东插话道。

原来王云静看到村里盖起高标准农业大棚，也打算参与种些蓝莓等中高端水果，"前阵子，我还跟着张书记组织的大棚户考察团，去平度崔家集学习种植呢。"王云静不好意思地笑了。

从工厂里出来，张建东和市委领导并排走在村里新修的公路上，聊思路，聊新村未来，俩人越聊越起劲儿。张建东脱口而出一串顺口溜："建好班子，选准路子，打造牌子，用好法子，建好园子，最终让农民兄弟鼓起钱袋子。"

张建东的脑子里有一个清晰的构架：一要建好园子，政府牵头打造产业园、工业园，引领方向；二要发展农民的创业车间、夫妻棚，两口子搭伙干、以家庭为主的联产承包才长远；三是党支部要领办合作社，做给农民看，带着农民干，帮着农民富。

两只手由胸前慢慢拉开，张建东比画着一条长线，说："三个层次完善起来就像龙头、龙身、龙尾，形成一个完整的产业链。"

月光皎洁，给大地镀了一层银光。他们的目光延伸向远处，像是在探索着什么。乡村兴，则国家兴。1990 年 8 月，中央组织部等五部委在青岛莱西召开全国村级组织建设工作座谈会（史称"莱西会议"），总结推广了基层组织建设的"莱西经验"。如春风细雨，吹遍了中国广袤的大地。30 年后的今天，它被赋予更多新时代内涵。深化拓展莱西经验，说到底就是增强基层党组织的凝聚力和战斗力。

市委领导拍了拍张建东的肩膀，说："火车跑得快，全靠车头带。实干，干实，咱搞乡村振兴，就是要让农民兄弟都富裕起来。"

（八）

目送市委领导离开，张建东回望这个熟悉的村庄。

草木葳蕤的春天里，只要脚踩大地站一站，都会觉得体内的血液加快了流动。如果恰巧落下一场雨，转眼间会看到山野间的树木起了变化，就像是突然挂上无数盏吉祥的灯笼。

他眼前浮现出三年前的一幕场景。

2019 年 9 月，青岛市委公开遴选村党组织书记，重点派往全市软弱涣散村和经济薄弱村任职。

从报名的 2489 名党员中选 200 人，张建东是唯一一名正局级干部。任职培训大会上，青岛市委有关领导点了他的名字："张建东，站起来让大家认识一下，我们这位同志，级别最高，年龄最大。"

众人目光如麦浪般掷来，他戴一副金丝眼镜，像一杆高粱，杵在会场中央。

他挺直胸脯，声音洪亮："57 岁，现任职山东省青岛市扶贫协作办党组成员，二级巡视员，还有三年退休……"

当"第一书记"的身份落在肩膀的一刻，他便与七星河新村的命运联系在了一起。脚步丈量着这片乡土，他写下一首歌《幸福七星河》：河水清清心上流，乡愁悠悠润心窝……

"幸福七星河，日子蜜里过。"——春色簇拥的七星河唱着歌儿，蜿蜒向前，百川奔流，汇入浩瀚大海……

片警老马的46把钥匙

15年的时间里，都会发生什么？太阳升起落下10950次，一位青岛的社区民警用15年时间写下了40本《社区民警工作日志》，保管着46把困难家庭的钥匙，做了6840余件好事……

马怀龙，青岛市市北区兴隆路派出所二级高级警长，山东省“齐鲁最美警察”，从照顾辖区独居老人，到抚养孤儿，从帮困解困、帮人寻亲，到解决居民供暖、疏通下水等生活琐事，他就像电影《今天我休息》里的民警“马天民”走入现实，15年如一日。

有人质疑：他做了这么多，如何做到“坚持”二字？

马怀龙的答案是：做一件好事，照顾一个需要帮助的人，就像种下一棵小树苗，10年、20年后，你守护的树苗长成了大树，有了这份拳拳之情，你怎么会舍弃他们？

（一）

2022年7月1日上午9时，兴隆路派出所的警务窗口前早已排起长队，两米多宽的过道挤满了前来办理各项事务的市民，狭小的屋子更显逼仄。几天的连阴雨过后，闷热像一把伞，高张在空中，难觅一丝可意的凉风。

“马警官！”一位老人在女儿的搀扶下穿过人群，来到里面的工作间，大声喊道。

略显狭窄的隔断里，身穿白色警服的马怀龙应声走了出来，个子中等，略显清瘦，一眼就可以瞥见他胸口的警号——113462。

“大姨，你过来了。”马怀龙热情地走上前搀扶住老人。

“一天不跟你说说心里话，我这里堵得慌。”老人拍了拍自己的胸口。

“好，我听着呢。”马怀龙扶着老人坐下，两人目光对视的瞬间，老人的眼泪簌簌掉下来。刚说了没几句，马怀龙的手机铃声响个不停，看得出等待他办理的工作不少。

从老人断断续续的唠叨中，大体可以理出她的经历：老伴过世早，她一人拉扯两个女儿长大，二女儿几年前患红斑狼疮去世，大女儿早年离婚，带一个女儿和老人住在一起。去年外孙女大学毕业，竟也查出红斑狼疮，现在连个工作都不敢找。厄运接连降临，老人几度绝望想要轻生，“我都80岁了，真是不想活了”。

“马警官，我只有你一个可以说话的亲人了。”老人话语哽咽。

正是这位老人口中一声声念叨的“马警官”，经常上门送去安慰和宽解。前几年老人从兴隆路社区搬到了错埠岭，但还是时不时坐公交车过来找马怀龙聊聊知心话。

“您是家里的顶梁柱，可得坚强啊，有什么困难尽管和我说，我一定想办法帮您解决。”马怀龙拍着老人的肩膀宽慰着。

聊了大约半小时，老人心情渐渐转好，马怀龙送她出门，顺便把同事刚给他的一盒崂山杏塞给老人，还往她的行李车里装了一袋大米、一桶花生油。

老人一步一回头地和马怀龙挥手再见，突然停下脚步像想起什么：“马警官，我家的钥匙你可保管好了，万一这边房子有什么事，还得麻烦你帮着跑一趟。”

马怀龙从裤子口袋里拎出一串沉甸甸的钥匙，叮叮当当地晃动着回道:“在我这,放心吧。”

从警 15 年,马怀龙热心帮扶辖区里的困难家庭,人们信任他,都把自家的钥匙交给他,他手里的钥匙也从一把增加到了如今的 46 把。46 把钥匙对应着他经常帮扶的 46 个困难家庭,46 把钥匙被他用铁环串成重重的一串,总不离身。

(二)

送走老人,马怀龙赶紧返回座位,处理被搁置的警务,忙完已是中午 11 点多。他从食堂里打了三个菜:炖土豆、炒青椒和熏鱼,外加一份小米粥和三个馒头。拎着这几个散发着香气的塑料袋,马怀龙从派出所急匆匆出了门,沿街走了十几分钟,拐入一处居民小区。

他掏出那一大串钥匙,熟练地找出其中一把,打开了一楼的一户房门:“老哥,开饭了。”

“来啦。”一位笑意盈盈的老人从里屋拄拐蹒跚着迎出来,他是马怀龙照顾的一位孤寡老人。

老人住的屋子有五六十平方米,一个大通间里摆着床和沙发,床头上放着一台理疗仪,是马怀龙自掏腰包 4000 多块钱为他治腿病买的。

“膏药贴上没?”马怀龙指了指老人的膝盖。

“贴上了,真管用。”老人高兴地说。

“那可得管用才行,我打听到一个老中医的膏药好使,前天跑去胶南给你拿回来的。”马怀龙说。

房间靠门的墙上挂着一面镜子,镜子上贴着两张马怀龙的照片。“马警官人太好了,我就想每天都见到他。”老人念叨着。

马怀龙当天比较忙,顾不上老人的挽留,离开后快步来到附近一处农贸市场，在熟食摊位上买了两只烤鸭，每只35元；在肉食摊上挑选了两个大肘子，付款89.86元；在超市里，又专门挑了一箱酸奶，花了65元。

两只手都拎满东西，50多岁的马怀龙，背显得有点驼，脚步却依旧匆匆。

他走进一个老旧小区，爬上六楼，再次熟练地从那串钥匙里分出一把，打开房门，一位老人迎上来。马怀龙递给他一只烤鸭、一个肘子和500元现金，“今天是1号，来给您送钱了。”

这是马怀龙照顾了4年多的一位独居老人，老人户籍在外地，在青岛本地没有低保，亲人相继去世后，便没有了经济来源。前几年，老人经常到早市、夜市捡菜叶，买破碎的鸡蛋，偶尔还顺走摊主的货品，摊主们气愤地拨打了报警电话。马怀龙了解情况后，向众人承诺：“以后我每月给老人500块钱现金，再也不会让他捡菜叶了。”

从那以后，马怀龙多次往返老人的户籍所在地诸城，找当地政府协调解决他的低保问题。“当地政府挺配合的，就是需要老人回到户籍地才能领取低保，可是老人不想回去，这事还没想好怎么解决。”

对马怀龙来说，认领下这个老人意味着“大事小事都要管”。前不久，老人的电视坏了，马怀龙给他买了一台二手电视。有一次老人和邻居起冲突，打碎了邻居的门玻璃，也是马怀龙来给换了新玻璃。

一中午的时间，马怀龙计划去四位老人家“串门”，要去的最后一户人家住着一位老人和她的残疾人儿子。“大娘，我给你买了最喜欢的酸奶。”照顾老人快十年，马怀龙了解老人只喝这个牌子的酸奶。

2015年，马怀龙帮老人解决了个大"问题"：给老人的残疾儿子办了落户，一家人的生活总算是有了保障。

说起落户的经历，马怀龙用"取经九九八十一难"来形容。老人儿子的户口可谓几经辗转：在海阳出生，后被寄养在新疆，工作后回到青岛。马怀龙先是带着他两次回到海阳，开具一系列证明后，又奔赴新疆，与他早年的工作单位、当地派出所、医疗机构和民政部门多次联系，再寻遍他回青岛后工作的8个单位，终于找齐全部的所需材料。一波三折，老人的儿子落下了户口。去年老人的老伴去世，后事也都是马怀龙张罗操持的。

（三）

转完几户人家，已到了下午1点钟，马怀龙的额头上汗珠涔涔，顺着脸淌下来。除了闷热的天气，多年的胃病也让马怀龙直冒冷汗，肚子空了就会疼痛难忍。走到一处羊汤馆，他坐下来点了一碗15块钱的羊汤，外加一个一块五毛钱的油酥火烧。

热汤入胃，疼痛稍缓。马怀龙打开记事本，上面记满了当天要处理的事：下午2点半，警务室，调解纠纷。

脚步似乎停不下来，仿佛总有个声音在喊他："老马、马警官……"

2008年，马怀龙从部队转业，进入兴隆路派出所。成为一名片警，每天面临的都是毫无头绪的各种琐事，一度让他有点抓瞎。

一年后，马怀龙遇到了一位寻亲的老人。老人四五岁时去了东北，从此便与青岛的亲人们失了联系，只记得有一个堂姐叫陈福兰。马怀龙通过公安查询系统查到，青岛叫陈福兰、年纪又与老人描述上下相近的有70多人。他一个一个地打电话核实，打到第27个电话时，终于有了眉目：接电话的人情况与老人介绍的基本相符，跨越 53 年的寻亲梦画上圆满句号。

“那是我做的第一件好事，当时感觉做成一件好事，真不容易；做一件好事，真好啊。”攥着手里的 46 把钥匙，马怀龙感慨道。

长长短短的 46 把钥匙，齿槽上的道道划痕见证了无声岁月。

托付到马怀龙手中的第一把钥匙，就是他一直照顾的一个残疾人家庭的。2010 年，这位残疾人住院，马怀龙往返医院和他家取东西，对方干脆把家里钥匙交给了他。

第二把钥匙是一位孤寡老人放到马怀龙手里的。邻居们都称呼那位老人“刘老怪”，他住院不让打针，医生就给马怀龙打电话，“谁的话都不听，就老马说话好使。”

渐渐地，马怀龙手上的钥匙越来越多，而且只增不减。一位马怀龙照顾多年的大姨后来搬去外地女儿家，临走时对他说：“钥匙你保留着，锁我永远不会换。”

“不是对方给了你钥匙，感情就深了。”跨越人与人之间信任的鸿沟，不是一件容易的事，马怀龙深知个中滋味——

给一位独居老人买了米、面、油等生活用品送过去，敲门没人应，他就用钥匙开了门想把东西放进屋，结果开门后发现老人在家，还把马怀龙好一个埋怨：“开门声音太大了，吵得我心脏疼！”后来，远在外地的子女联系不到老人，发觉情况不妙，打电话请马怀龙去看一看，“打开房门才发现老人因心肌梗死昏迷了”，幸好抢救及时挽回一命。

不只有钥匙越来越多，房产证、户口本，甚至是存折……当片警 15 年，很多老人把更重要的物品托付给马怀龙。

马怀龙有记笔记的习惯，在警务室一角的橱柜里，放着他这些年来记录的《社区民警工作日志》，最初是纸质封皮的笔记本，年代久了又淋过雨水，扉页都发黄了，后来换成了一本本红色塑料皮的《民情日记》。翻开这些工作日志，一种大事小事纷至的压迫感扑面而来：停车纠纷、重点人口管控、疫情排查……

“总共得有 40 本吧。”马怀龙淡淡地说道。

（四）

在兴隆路社区，马怀龙还是出了名的“爱操心”。

辖区一位葛大姐的身份证丢了，结果被人恶意注册了 4 家银行的信用卡，透支 8 万多元。为查清真相，马怀龙跑到银行学习金融信贷及信用卡办理使用的相关知识，到市银监局帮葛大姐进行登记，到 4 家银行查阅透支记录、进行信息比对，通过各银行所在地派出所联系信用卡办理中心负责人，详细查询比对信用卡信息……通过半年多努力，犯罪嫌疑人被公安机关成功抓获，葛大姐得证清白。

2011 年，马怀龙入户走访时发现，残疾人杜盛昌夫妇生活比较困难，家里还要供养一个上初中的孩子。后来孩子考上了职高，却没钱支付学费。马怀龙四处奔走，组织辖区的企业、商家、店铺捐款，筹集了 8000 元学费。杜盛昌生病住院，他又发动全所民警捐了 3000 多元。在马怀龙的呼吁下，越来越多的人加入其中，共为这个困难家庭捐款捐物 8 万余元。

后来杜盛昌儿子毕业找工作也是马怀龙张罗的，先后找了四五家单位，“给自己闺女找工作都没出这么大的力”。

有两座 20 世纪 80 年代建的旧楼，楼内居住的 60 余户大都是空巢老人，多年来一直未通暖气，每到冬季家里就像冰窖。马怀龙将老人们的生活状况拍成 60 余张照片，配上文字说明，先后十余次到区有关部门及供热公司反映，协调解决供暖问题。

有人看他往返奔波，非常不解：“马警官，这供暖的事你也管？”

马怀龙笑笑说：“老人冬天靠生炉子取暖，楼道里堆满了柴火和煤球，是很大的安全隐患。这不是小事，是大事。”

2012 年底，在马怀龙的奔走呼吁下，两座旧楼终于通上了暖气，政府还为老楼外墙加装了保温层。

辖区老楼多，经常因为下水管道堵塞、漏水引发邻里矛盾，一幢楼需要投下水，经常凑不起钱来。为了解决纠纷，马怀龙自费 1000 多元购买了管道疏通设备，并向“古力王”学习掌握了设备使用技术。“以后，辖区群众谁家下水管道堵塞，实在想不到办法了，可以找我，我登门送服务！”马怀龙这样说。

多年基层工作，马怀龙结合“执法如山”与“执法如水”，总结出一套“老马调解法”，说感性点就是多操心一点。有人因此经常质疑马怀龙的“爱操心”，管这么多“闲事”累不累？

老马说：“不光我这么干，很多基层民警都这么拼，有同事忙几天下来，腿连床都抬不上去了。怎么算累？心不累，就不算累。”

（五）

一整天“马”不停蹄，转眼到了下午五点半，马怀龙坐公交车回到家中。

马怀龙的妻子刚做完微创手术不久，刀口一直没愈合。头一天本来要陪妻子去医院好好检查一下，但最后却让女婿代劳陪着去了医院。让马怀龙“爽约”的是一项政审工作，“有个要考公安系统的小伙子，条件不错，我别给人家耽误了。”马怀龙有点心虚，小声向妻子解释道。

“知道，家就是你的旅馆。”妻子早就习惯了他的缺席，“每隔三天要值夜班，第二天要紧跟着处理夜班接警，往往白班夜班连轴转。”在妻子看来，马怀龙的热心肠是遗传，“婆婆就是出了名的菩萨心肠，以前在临沂老家，看到路过收麦子的麦客，穿得破烂，没钱住旅馆，婆婆都是留人家来家里吃饭、过夜。”

“十几年没回家过年了……”马怀龙感慨，自从干了民警，每年春节都是带着妻子和女儿在他照顾的这些困难家庭里过年，“从大年三十开始，初一、初二、初三……每天都排满了，有时候一天要去好几家。”

母亲没有埋怨他，反而很支持：“不用惦记我，你哥哥姐姐都在身边照顾我，你忙你的。”

环顾马怀龙的家，虽然整洁，但装修风格明显陈旧过时了，客厅橱子里唯一的装饰品，就是他获得的各种奖杯、奖状。

打开卧室的衣橱，满眼都是配发的警服，只有两件夏季的衣服显得格格不入——

一件是2012年女儿在成都上大学时给他买的白衬衣，马怀龙宝贝似的一直穿到现在，有时候外地战友来青岛，马怀龙参加聚会时才穿它，“算我的一件礼服了。”还有一件已经洗得发黄的白T恤，是妻子花15元在超市买的。

马怀龙的生活就是如此俭朴，实际上他的工资并不算低，在万元以上。问他这些年帮扶困难户，每月开销多少？他就会顾左右而言他，或者含糊说一句：“不记得了，没仔细算。”

这与工作日志上每天井井有条的记录、46把钥匙从来不会用错的那个一丝不苟的马警官，判若两人。

考虑到妻子生病，马怀龙亲自下厨操持晚饭，煮了一锅面条，被妻子调侃道：“你在家下厨可是稀罕事啊。”

家里的日历翻到了7月1日，“今天是我入党35周年。我是1987年入党的，来，吃碗面条庆祝一下。”坐在餐桌前，马怀龙边说边把辣酱、咸蛋拌进面条里。

这是普普通通的一天、忙忙碌碌的一天，更是一个民警无数个日夜的缩影。没有特殊的仪式，每一个平凡的日子，被赋予了特殊意义，也就不平凡了。

老师，我还想听您讲故事

冬去春来，又到中小学春季学期开学季，沉寂的校园里再次回荡起琅琅书声和笑语欢歌。校园外，刚刚获评“中国好人”的退休教师吕文强，他的手机却越来越“烫手”，不断有家长打来电话，求教解决孩子的各种教育和心理问题，电话那头说到着急处，有人会号啕大哭。每个电话，吕文强都认真答复，拆解着电话另一端麻线团般杂乱的情绪。

（一）

夜里手机响起，是一位妈妈的迫切求助：儿子一直躲在家里，坚决不去学校……这孩子是吕文强以前教过的学生小星，今年已经上高二。为孩子隔三岔五的厌学情绪，小星的妈妈简直哭干了眼泪。

2022 年 2 月 9 日一早，吕文强见到了斜躺在卧室床上的小星：正两眼发直望着窗外，与世界仿佛隔离了一个无形的玻璃罩。事先并不知道老师要来，小星转头看到吕文强的瞬间，眼睛里仿佛闪出一丝光亮。

“过年长壮实了呢，我的孩子。”吕文强放下手中带来的零食，上前一把揽住小星，看到他露出笑脸，随即话锋一转：“怎么了？开学了怎么还待在家里？”

听到“开学”两个字，小星像被扎了一下，表情迅速僵住，低下了头，半晌没有说话，那神情让吕文强想起他初中时的一幕，“有一次他好几天不来上学，我就来家接他，一路陪他进学校。车停在学校门口时，他的脚在点地和收回之间徘徊了好久。”忆及往事，吕文强有了主意。

“咱俩今天开个故事会，我说一件我的故事，你说一件你的故事，好不好？”吕文强新奇的想法显然起了作用，小星抬起头眨巴了几下眼睛。

捕捉到小星的反应，吕文强开始了绘声绘色地讲述：“我小时候家里很穷，能吃口地瓜都算奢侈品。我娘跟我说‘知识改变命运’，于是我就记牢了。最开心的事儿就是去上学，每学期挣好几个奖状回来。那时候奖状很漂亮，我娘就把它们都糊在墙上，花花绿绿的，糊了一整面墙。有一次，一个邻居大娘来我家串门，她不认识字，就问我娘：这些年画太好看了，是从哪儿买的啊？我也去买几张。”

故事说到这，小星扑哧一声笑了出来，在吕文强鼓励的注视下略一停顿，诺诺地说：“老师，我不像你学习那么好，等待考试排名就像等待一场判决。我总感觉同学们都在议论我，嘲笑我……”

吕文强用力握了握小星的手，继续道：“老师再给你讲个故事。小时候我们每个人都要去捡大粪，干活我也不示弱，别人一天能捡八九斤，我一天能捡十几斤。那时候思想政治课是没有课本的，有一次考试中，一道题全班只有我一个人答对了，你猜怎么回事？因为我捡粪的时候，经常顺着墙根找，那些考试的题目都是写在墙上的标语，看多了我就记住了。”

一只胳膊揽紧小星，吕文强语重心长地说：“那年毕业我考了全公社第一，母亲跛着一双小脚，作为优秀学生家长上台讲话，那个自豪劲儿……孩子，自尊是自己赢来的，不是别人给的。你想要别人看得起你，首先你要站起来，不能躺着啊。”

小星眼圈泛红，“老师，我明白了，我明天就去上学。”

吕文强也记不清走进过多少个家庭，开过多少次像这样的故事会。

1977 年，18 岁的他成为一名人民教师，在平度郭庄中学工作 26 年，2003 年进入平度朝阳中学，直至 2019 年退休，今年 66 岁的他依然奔走在家访路上。

（二）

“并不是把孩子找回来，安放进教室就完事了。”在吕文强看来，融化一颗心，还有很长的路要走。

从教的日子里，吕文强常年穿着运动装，和学生一同军训，一同参加篮球、合唱等比赛。如果发现哪个孩子“不对劲”，他便形影不离地同吃同住，跟对方交朋友。

“我小时两岁就没了父亲，我妈就教育我：别人躺着，你站着，别人走着，你跑起来。你只管努力，花会开，前路会有光。磨难不一定是坏事，它会成就更好的人生。”通过一个个“故事”，把学生的知心话“套”出来。他把这个方法比喻成“找到打开这把锁的钥匙”。

班里曾有一个转学生，刚来时连课本都不往外拿，也不写作业，行为“怪癖”。有认识她的孩子，说她有个外号叫“傻嫚”。通过家访，吕文强得知，因为家庭变故，这个女生跟着改嫁的母亲转了三次学。

“我的课堂上，没有人可以‘特殊’，作业必须完成。”每天放学，吕文强给这个女生辅导作业，开始她只能完成一页，后来慢慢地两页、三页……逐渐跟上了学习进度。吕文强发现她唱歌特别有天赋，学校合唱比赛中便让她当领唱，比赛结束后，还让她在班里又表演了一遍。

“这个女生以前只敢从人群边上溜边走，到后来可以走到同学们中间，融入集体，她不再是个‘另类’的孩子了。”让吕文强感到欣慰的一幕是，毕业三十年聚会上，当年的女孩已成为出色的企业家，她捧着一束鲜花，见到吕文强的那一刻眼泪抑制不住：“吕老师，我还记得你当年跟我说的话：你能成为什么人，只有你说了算，没有人可以给你贴上‘标签’。”

“不能让一个孩子掉队。”吕文强对一些特殊孩子开“小灶”：跟有多动症的孩子一起练静坐，直到他改掉了抬腿就跑的习惯，安安分分上完一堂课；跟有撒谎习惯的孩子一起签订诚实守信责任书；跟不讲卫生的孩子一起洗脸、洗脚，直到他养成良好卫生习惯。

“一些表象只是冰山一角。”教书多年，吕文强意识到很多情况下，孩子们的心理问题具有一定的隐匿性，“对他的关注多了，成绩上来了，前路通畅，很多心理问题就解决了。大部分有心理问题的孩子，先是因为学业跟不上，随之暴露出网瘾、早恋、厌学等一些问题。”

“当然，我一个人的力量也有限，很多家长也参与到帮助孩子们的队伍里。”曾经的学生家长、在平度禁毒大队工作的老王，就是吕文强的“黄金搭档”。为了寻找一个逃学的网瘾孩子，两人一夜无眠地在街道、网吧间来回奔波了 10 个小时，找到孩子已是凌晨 5 点。

刚刚结束的寒假里，吕文强被邀请回学校给新教师做了一场培训，他说：“后进的孩子，就像站在一个十字路口，有人拉他一把，他就迈过那个坎了，人生就完全不一样了。对后进学生的帮扶，正体现了我们的教育精神。”

（三）

从小星家走出来，已是下午3点多。吕文强的电话再次响起，“哥哥，给你说个好消息，小兰考上正式教师编了！……小军刚升职了，过年回家没住几天就走了，忙着带队去外地搞计算机软件研发。”

“太好了，祝贺你，弟弟。”吕文强高兴地拍着大腿。他口中的“弟弟”其实是一位学生家长，这段亲如一家人的故事说来话长。

2014年，吕文强在一次手术康复后刚返回学校，就被叫到了校长办公室，有学生家长指名要把儿子送到他班里就读，正是小兰和小军的父亲。

“学校里要是有10次打架，9.9次都有小军参与。”吕文强对这个令人“头疼”的学生早有所闻。那天站在屋子中央，被众人目光包围的小军依然是一副不服气的样子，他手臂上还流着血，显然是刚闯完祸留下的“痕迹”。

小军父亲攥紧吕文强他的手：“吕老师，救救这个孩子吧，我算是管不了他了，我说他几句，就攥着拳跟我瞪眼，气得我下雪天在外面走了几里地，边走边哭，孩子大了，怎么养成个冤家了……”

吕文强问及小军手臂受伤的原因，原来是因为考试没考好，这孩子跟自己生气，一拳捣破窗玻璃时划破的。“知道自己没考好，还是有上进心嘛。”小军没想到老师上来先肯定了自己，攥紧的拳头慢慢松弛下来。

“还有，你和那个女同学是怎么回事？”怒气未消的父亲在一边数落道。

“怎么了？我就是喜欢她！”小军瞪着眼睛大声喊。

没想到小军会这样理直气壮地回答，父亲被他气得要挥拳头，吕文强赶紧拦下，转身轻描淡写地反问："一个人喜欢另一个人，这很正常。但是，你们两个人能不能相互取长补短，共同进步呢？"

也许是吕文强的话更入心，小军顿时理亏地低下头："能，老师。"

那天，吕文强接下了小军这个学生。

为了融化小军这块"硬疙瘩"，在学校里吕文强跟他同吃同住，周末还经常去他家家访，了解到小军一家并不富裕，住在城中村。小军在小学时一直名列前茅，父亲把希望都寄托在他的身上。升入初中后，小军的成绩不那么突出了，父亲给他的压力却越来越重，他无助的情绪无处发泄，便出现了打架、早恋这样的问题。

"老弟，孩子还小，不能给孩子太大压力，咱大人该承担的也要承担起来。"吕文强和小军父亲多次恳谈，"我给你出个主意，你家靠近马路，可以拿几间房开个小旅馆，这样收入就多了。"为此，吕文强拿出 3 万多元，资助小军家的小旅馆顺利开张。

吕文强还找来毕业的学生给小军讲大学生活和外面的见闻，"反复唠叨，讲各种故事给他听，也不知道哪句话他听进去了，一下子就像变了个人。"在吕文强的鼓励下，浮躁的小军慢慢沉稳下来，后来考上了一所 985 高校的计算机专业，毕业后成为一名软件工程师。

"孩子们，你们还年轻，未来会有无限的可能。"课堂上，吕文强每次都会用激动的语气道出这句话。他就像一个奋力摇动旗帜的旗手，目送每一个从身边起跑的孩子一路奔向远方。

（四）

走进吕文强的家里，家具十分简单，但客厅里却布置了很多装饰品：笔力遒劲的"桃李满天下"匾书，精美的十字绣，造型奇特的根雕……这些都是学生们亲手所作，送他的礼物。

客厅角有一盆鲜艳的年宵花，嫩黄的花瓣正娇艳绽放。“肯定是哪个学生送的，就是没有留下名字”，吕文强打电话问了十几个常来他家串门的学生，都没人认领，暂时成了一桩“悬案”。

客厅的桌子上放着一副他戴了七八年的黑色手套，指尖处都磨得发白了，吕文强也不舍得扔掉，这也是一个学生送的。每次想起这个孩子，吕文强总是摇摇头，笑着嗔怪道：“当年为了抓这个调皮蛋，真是费老劲了。”

这也曾是一个网瘾很重的少年，经常从学校里失踪，每次吕文强都是一晚上不睡觉去找他。有一次堵住他是藏在学校锅炉房的角落里，当时正伺机翻墙逃出校园。很长一段时间，吕文强几乎寸步不离地陪着他，引导他。

考上大学后，他送了一副手套给吕文强：“老师，谢谢你没有放弃我，我永远忘不了，有一次大冬天你在网吧里拉我的手时，你那双手冻得冰凉，手指头紫得僵直，像冰棍一样。”

春节前后，吕文强那部“烫手”的手机也经常接到学生们的来电，陆续有毕业的学生们给吕文强打来电话，或汇报成绩，或问候拜年，有人提出小要求：“吕老师，我还想听您给我们讲故事。”

上官正义，一个侠士的名字

2023年11月，一个透着侠气的名字“上官正义”，与湖北襄阳贩卖出生证明事件在网络上频繁被提及。“上官正义”虽然是虚构的网名，但这个“侠士”却是实实在在存在的人——他经常潜伏进拐卖儿童的黑色链网，搜集证据助力执法部门打击犯罪，让犯罪分子闻之“颤抖”……

与低调隐藏起自己的真实姓名、身份，形成鲜明对比的是，上官正义常年奔波在不同的城市，高调从事打拐志愿活动。如今，他的生活被两项内容占满：一是帮助寻亲家庭寻找失踪的孩子，二是向警方提供打拐线索。

有人质疑：寻子打拐太高调、太张扬。上官正义却认为：高调能站着发泄出来，继续前行；低调会不作声地倒下，倒下了谁去帮那些破碎的家庭寻找孩子？

实际上，他只是一名打拐的民间志愿者，并不是寻亲家庭的一员，也不是一名执法者。他所做的事，就像他的网名一样，充满“正义”。

（一）

与上官正义约好上午9点通话。视频连线接通时，屏幕另一端的他穿一件简单的白T恤，戴着口罩，表情平静，眼神里透露着坚定。自从在网上放出湖北襄阳健桥医院参与拐卖儿童产业链的取证后，连续几天协同相关部门取证调查，让他略显疲惫，并伴有感冒咳嗽。

“我现在在广西南宁，正在向当地警方举报另外一条拐卖儿童证据。”屏幕对面的上官正义说。

作为一名打拐民间志愿者，常年奔波在不同的城市，已经成为他的日常。

大众熟知的是，这一切的忙碌最近画上了一个阶段性的句号——

2023 年 11 月 12 日，湖北襄阳市人民政府发布通报称，对网民上官正义举报襄阳健桥医院贩卖出生医学证明等问题，襄阳市已成立由市委、市政府主要领导任组长、相关市领导为各工作组负责人，市公安、卫健、纪检监察等部门组成的工作专班，从严从快、依法依规开展问题调查、案件侦办和追责问责等工作。包括襄阳健桥医院法定代表人叶某芝在内的 6 名犯罪嫌疑人已被检察机关批准逮捕，公安机关另对 4 名犯罪嫌疑人依法刑事拘留，相关调查侦办工作正在加紧进行。卫健部门已依法吊销叶某芝的医师执业证书、刘某静的护士执业证书，其他涉案医务人员的调查处理工作正在开展；已依法取消健桥医院出生医学证明签发资格、母婴保健技术服务执业资格。纪检监察机关对相关领导干部和公职人员失职失责行为、违纪违法问题迅速开展调查，已对 13 名相关责任人立案审查。

“好消息”的到来早就有迹可循。

早在 2023 年 10 月 11 日，上官正义就在社交平台上的一条视频中，向网友们公布了一个信息：“今年上半年，我用了一年多时间，掌握到一个专门利用网络平台贩卖婴儿的团伙，警方已经抓获所有嫌疑人，解救多名婴儿，等待他们的将是法律的严惩。”而目前襄阳健桥医院涉案的7人，便是由这个网络贩婴团伙顺藤摸瓜牵出来的。

随着上官正义频频出现在公众视野中，有网友担心他的安全，好心提醒道："哥，再发视频戴个帽子吧，我担心你的安全，我们太需要你这样的正义人士了。"

但也有很多人不理解，上官正义为什么要和贩卖人口的黑色产业链"死磕"？"有人说我为名利。为名？你也不知道我的真名啊？为利，我都是在搭钱干这些事情。"

卧底期间，为了引出人贩子，上官正义常常要打肿脸充胖子，扮演有钱人，"我要请他们吃饭，要显得很豪气，住酒店就住当地最好的酒店。做事情的时候不会去顾及花费，事情做完后可能会去想一下，这次花了很多钱，也很心疼。"

当记者问到有没有算过自己在打拐这件事上究竟花了多少钱时，上官正义回答："没统计过，寻亲打拐十几年了，这个怎么统计啊……"

成为一名打拐志愿者，始于2007年。

彼时，上官正义在广州多家跆拳道学校当教练。一天，他路过广州体育中心门口，看到一群卖花的孩子正被两个中年妇女斥责，"当时我看到那一幕，就是卖花的小孩去抱路人的腿，有人把很小的小孩一脚就踢飞了。"

花童纠缠路人，非要别人买一束花的行为，让上官正义觉察到了不对劲儿，隐约觉得这些花童是受人操控的被拐儿童。因为曾在部队当过侦察兵，他决定跟踪花童，探个究竟。

上官正义先通过网络征集了一名志愿者"女友"，每天下班时分，两人便假装情侣出现在花童聚集的地方，买花，然后离去，渐渐与花童拉近了关系。

取得花童们的信任后，上官正义开始悄悄观察他们的生活轨迹……两个月之后，他将收集到的证据向警方进行举报。就这样，6个从江西、安徽拐来的孩子成功获救，7名犯罪嫌疑人被警方当场抓获。

“当时只是想弄清楚这背后是怎么回事，没想太多。”上官正义的确没有想到，这次成功的行动竟然像多米诺骨牌一样，改变了自己的人生。

此后，不断有网友找到他提供的被拐花童的信息，这个一副侠义心肠的汉子也不推脱，深圳、成都、上海、宁波……不断奔赴不同的城市，和警方一次次解救出被拐儿童。

“虽然我不是寻亲家庭的一员，但是我对他们的遭遇感同身受，小时候我也经历过无助、绝望的时刻。”上官正义出生在四川阆中一个偏远山村的普通农民家庭，全家人靠种庄稼维持生计。“贫困”，是他童年最深刻的记忆。“小时候，我的理想是当‘屠夫’，因为家里一个月都吃不上一次油。”

上官正义考上初中的同年，姐姐也顺利地考上师范学校。因为家里经济条件有限，他的初中只念了一个学期，便把上学的机会让给了“比自己学习更好”的姐姐，“那个时候，真希望有人在我有困难的时候，帮我一下。”

成年后，上官正义每每看到陷入困境的家庭，就会想起曾经的自己。对他来说，每一次“解救”被拐儿童，都是对自己童年遗憾的弥补。

（二）

上官正义社交账号上的IP地址，记录着他风尘仆仆的脚步。有时前一天人在云南，两天后就到了内蒙古，有时昨天还在陕西，次日又辗转广东……不断变换的路径拼凑出一个打拐志愿者的日常。他的视频里记录着很多寻亲家庭的故事，也许正是因为这些人、这些故事，让他没法停下脚步。

2023年11月1日，上官正义发布了一条充满哀伤的视频，他语气沉重地告诉网友，有一位寻子的父亲刚刚去世，孩子却没有找到。“孩子1998年出生的，2001年在云南昆明被拐，当时是被一对男女用糖给骗去的。如果你有消息，请第一时间告知我们。”这样的结果，是上官正义最不愿意面对的。

评论区里有人发出一张四个儿童的合影，并请网友们帮忙寻找照片中个头最高的那一个，“他是我的哥哥，四川人，头上有两个旋儿，1983年出生，1990年上幼儿园的路上被拐。父亲从来没有停过寻找，找到精神失常，于2019年去世，最后一句话是：我儿回来没有……”

此前的5月23日，上官正义发布的一条视频，记录了他专程到陕西西安看望一对老夫妻的场面，屏幕里他向网友介绍身边坐着的两位老人：“叔叔今年72岁，阿姨69岁，儿子1984年出生，1992年上学途中失踪，他们已经寻子31年了。”

视频中，老大爷的白发也所剩无几，连牙齿都没有几颗完整的，但他很认真地向上官正义学习怎样使用智能手机上网，以便通过各种方式发布寻子信息，甚至一些寻子的活动都想去现场参与。

“人生有几个31年，他们的31年是怎么过来的，我不敢去想象……”上官正义在视频最后说道。他陪同很多人走过寻子路，太了解这条路的崎岖与艰难了，“路上没有三餐，有一顿热饭都是幸运的。”

浏览上官正义社交账号里的视频，经常能看到一个人的身影——寻找儿子“小米奇”的杜先生，他俩经常发一些寻子路上苦中作乐的场景，被网友戏称为“损友”。

2023年9月21日，上官正义发布了一条好消息：“昊昊要回家了。父母找了25年的孩子，原来与他们生活在同一个城市。”他提到的昊昊出生于1995年，于1998年在武汉市武昌区自家五金店内失踪。视频里，团圆家庭的母亲举着一张曾经寻子的牌子，上面写着“悬赏百万寻爱子”，下方清晰记录着父母对儿子的特征记忆：“左眉骨有缝针痕迹，知道自己住在黄鹤楼山下，知道爸妈是做螺丝生意的，喜欢看火车，会唱《世上只有妈妈好》”。

而同一天，另一条视频则记录了“损友”杜先生拎着箱子要出发寻子的场景：“听到别人不断传来好消息，他不淡定了，小米奇依然还没有下落。看着他提着箱子走的背影，我眼泪掉下来了。”

网友们不禁为此动容，有人留言：“等小米奇回家我就不关注寻亲家庭了，看着太心疼了，希望所有孩子回家，哪怕知道在哪儿，不认也行啊。”“小米奇找到那一天，我要放一挂万响鞭炮庆祝。”……

杜先生常年穿一件印有寻子信息的T恤，上面印有儿子小米奇的信息：“出生于2005年，2011年失踪，失踪地点包头市青山区一家木器厂，失踪时身高1.18米，因鼻子之前受伤，哭得伤心会流鼻血……”

每年小米奇的生日，杜先生都会用银杏叶摆出回家的字样，他还会用心地在每一片叶子上写上寻亲家庭里失踪孩子们的名字。在上官正义发布的一条视频里，杜先生蹲在银杏叶摆出的“回家”字样旁说：“又一年了，去年写在银杏叶上的孩子有些已回家，可我的小米奇依然还没有消息……”

2023年8月21日，上官正义发布了一条视频，四位寻亲父母站在一起，每个人都穿着印有自己被拐孩子信息的T恤衫，杜先生就站在最右边，上官正义配文："去年的今天，他们在贵阳相遇，而今左边的两位已如愿，可右边的让大家依然挂念。这一年，时间过得好快，但又觉得好慢。"

（三）

多年来与众多寻亲家庭朝夕相处，让上官正义感同身受，但不同的是，他也有着"旁观者清"的视角，有两件事让他越来越意识到，取证举报、拿起法律武器的重要性。

上官正义的社交账号里记录了这样一个故事：人贩子拐走了一个男孩，男孩的妈妈每年都去看望人贩子的父母，认他们做义父义母，帮他们做农活，坚持了16年，就想求取一条关于儿子的线索。视频画面里，一名女子拉着一位老妇人的手，字幕显示："她儿子把她儿子拐走了，至今下落不明，她坚持每年都去看她，只为临走时留下那一句期盼'有你儿子消息就打电话给你'，如今她儿子（人贩子）死了，她儿子依然下落不明。"

2022年，人贩子意外身亡，寻子妈妈的希望越来越渺茫，她对上官正义说："不知道我有生之年，会不会发现一些孩子的线索，我愿意将一切恩怨了之……"

"她的善良没有得到回应。"上官正义气愤地说。

"今年9月份，小米奇的爸爸收到一条消息，自称小米奇在他手上，要求转账8000元就会放人，否则后果很严重。小米奇的爸爸随后把信息推送给了我，我让他向当地公安机关报案。"这件事同样让上官正义感到气愤，"他们为什么要向这些被拐孩子家庭下手？这些被拐儿童家庭原本就已经很受伤了，这是往他们伤口上撒盐！"

"我们对付不法之徒，就要拿起法律武器。"虽然少年时在少林寺习练武术，青年时又参军在部队历练过，但上官正义始终觉得与不法分子周旋，光有“勇”是远远不够的，更多地需要“智”。

如今，他参与解救被拐儿童的主战场多在网络。通过网络聊天，上官正义用心理战术和犯罪嫌疑人一次次较量，取得他们的犯罪证据。

谁能想到，初中只上过一个学期的上官正义，凭自学顺利通过了国家二级心理咨询师的考试。一次，南方一家报纸报道了上官正义的打拐事迹，还配了张他的侧面照。他后来去和人贩子见面时，主动拿出报纸指着照片说：“我万一是这个人怎么办？”人贩子说：“那你就不会拿这张报纸给我们看，不可能。”这次化险为夷的经历，就是得益于他长期研究犯罪心理学。

“犯罪嫌疑人可能对法律了解得非常透彻，在与他们打交道时，我必须比他们了解得多一点，这一点必须谨慎。”这些年，上官正义还研读了民事、刑事多部法律，“发现线索后，我最先找的是公安机关，不会直接与家长联系。”2011 年，上官正义曾两次受邀到公安部参加“打拐”座谈会，介绍自己的打拐经验。从那时起，他坚定了自己“用法打拐”的理念。

有一身好功夫的上官正义非常清楚，自己只是一个普通人，没有执法权，他必须让自己的公益行为在法律上站得住脚，否则一旦超越了权限，好事也会变成坏事。他总是将收集的信息及时汇报给公安部专项人员，再由他们布置给案发地的公安机关。“我是一名普通的志愿者，不能超越自己的权限，甄别完信息之后，反馈给公安机关，只有公安机关需要我的配合，我才能去。”

每一次对不法分子出手，上官正义都十分清楚“边界”在哪里，“这是绝对不能意气用事的。”

（四）

“国家对于拐卖犯罪始终保持零容忍态度，这是我做这件事的底气。”采访最后，上官正义感慨道，“这些年来法律法规不断加强，重拳出击，让寻亲家庭越来越有信心。”

2022年3月2日，全国公安机关打击拐卖妇女儿童犯罪专项行动动员部署电视电话会议召开。这次会上公安部要求：快侦快破拐卖现案，全力侦破拐卖积案。也是首次提出“侦破积案”。

“快破”“多破”“全破”“必破”，这些用词讲究而谨慎。将时间线拉长，我们更可以看到时代的进步——

相关数据显示，2021年，全国拐卖妇女儿童案件与2013年相比，降幅达88.3%。数据背后，我们更是可喜地看到：人工智能、大数据等现代技术手段的发展，和DNA比对技术、数据库建设、跨年龄段人脸识别技术、虹膜技术等的运用，为全国范围内寻找比对拐卖人口、寻求案件突破点提供了重要助益。有了发达的通信网络、无处不在的“天网”、更为完善的基层治理，一个人凭空“消失”的可能性变得越来越低。

“反拐”行动，如今到清算旧账的时候了。

鉴于一些拐卖案件的复杂性、隐蔽性，“打拐”不仅需要公安部门倾力行动，也需要民政、卫健、教育、妇联等部门、团体乃至媒体和个人的协同努力。这些年，从民间志愿者寻子公益网站“宝贝回家”，到大型公益寻人节目《等到我》，再到影视作品《找到你》《亲爱的》《失孤》，不只是公安民警，各类公益组织、志愿团体、媒体影视行业等都各尽其职，以自己的方式壮大打拐力量。

“孙海洋效应”“上官正义热点”都是推动进步的浪花。从这个意义上说，“上官正义”不是一个人的名字，更是一个正义群体的发声——重拳“打拐”，愿“天下无拐”！

安宁病房，静悄悄

当生命进入倒计时，你会如何面对？走进安宁疗护病房，也许能够寻找一个答案。

医护人员是旁观者，也是亲历者。他们会告诉你，我的什么亲戚得了不治之症，也是这样走过的。并且还会强调：照顾一个临终的病人，爱心和责任大过于任何诊疗手段。

医院的墙壁上挂着一个钟表，静谧地计算着时间。为什么时针、分针和秒针被框在一个圆圈里，反复走着一圈又一圈？也许它在提醒你：没有那么多来日方长，人生一直在倒计时。

（一）

2022 年 4 月 7 日清晨，阳光清澈。刚下过的一场春雨，像脚步轻轻的画家，把大地每一个角落都染上了生机勃勃的颜色。

上午 8 点左右，青岛妇女儿童医院海泊路院区安宁疗护中心的病房里，脚步开始走动起来。医护人员正在查房，病房里的病人多数是中晚期肿瘤患者，他们中有很多要在这里度过自己人生的最后时刻。

在那些与生死较量的地方，比如急诊室、抢救室，被切开的气管连接着呼吸机，心电监护仪嘀嘀地响着，身上布满了各种管子，生命的告别似乎是一场战争。

而这里却出奇地安静，病区并没有明显的封闭界限，乘坐电梯来到六楼，面对的是一个开放区域，每间病房里只有两张病床，门口放着一张桌子，几把椅子，病人和陪护家属可以坐在走廊上聊天。走廊墙上还挂着油画、用镜框装饰的毛笔字，写着诸如“这世界除了筷子，什么都可以放下”“别慌，稳住，问题不大”之类的宽慰话。

让人有一种感觉：这里在营造一种氛围，努力抹掉关于疾病和病房的痕迹。

这时，综合内三科主任韩灵敏带着医生们走进一间病房，病人是一位身患肿瘤的大叔。大叔不在病房，韩灵敏并没有急着离开，转头面向躺在另一张病床上的陪护大妈，问道：“大叔昨晚睡得好吗？”

“还行。”大妈回答。

“我跟大叔说了，让他去做个心脏检查。”入院的时候老人并没察觉自己心脏有问题，韩灵敏在给他做全身检查的时候，发现他心脏左束支传导有问题。“这个一定要引起重视，一旦出问题的话，后果很严重啊！”

临离开病房时，韩灵敏还细心地嘱咐大妈晚上睡眠时架好床挡，避免坠床。

与韩灵敏前后脚，护士长张荣带着护士们也在病房交接班，夜班的护士们会把每个病人晚上打了什么针、用了什么药，一一交代给白班护士。走到一个患者面前，看到他的导管被身体压住了，张荣走过去给他翻了一下身，患者微睁开眼睛，张了张嘴巴没能发出声音，便抬起手臂，双手抱拳，向她示意感谢。

（二）

“护士长，昨晚 × 床患者一晚上没睡，每隔一小时就来护士站一趟。”交接班时，有护士拿着值班记录本，跟护士长张荣说道。

干了20多年护理工作的张荣，敏锐地观察到值班护士正顶着黑眼圈，这种情况在安宁疗护中心病房经常发生，这是被放大工作量的一夜：患者一会儿疼，一会儿憋气，一会儿发烧，一会儿排尿困难，有时候只是因为心情不好睡不着觉……每次出状况，护士都要耗费很大的精力，去判断，去处理，甚至要去安抚患者的情绪。

打了多少针，做了什么样的伤口处理，都是可以计算工作量的。但是在安宁疗护中心病房很多工作没法量化，比如翻身等生活照料，安抚患者的情绪，然而这些却占用了护士很多时间。

作为青岛市首批安宁疗护技术指导中心，青岛妇女儿童医院安宁疗护中心自2021年5月开业以来，已累计服务住院病患1600余人次。与这些走向生命终点的病患朝夕相处，这里的医护人员也正在经历一些不一样的职业体验。他们是旁观者，也是亲历者。他们会告诉你，我的什么亲戚得了不治之症，也是这样走过的。并且还会强调：照顾一个临终的病人，爱心和责任大过于任何诊疗手段。

从病房查房回来，韩灵敏给医生们开一个简短的晨会，总结了一下查房的情况，他重点表扬了刚入职的一位年轻医生。

早上查房时，一个病房里住着一位甲状腺癌的患者，年轻医生注意到他皱了一下眉头，此时患者已是多发转移，日常有疼痛也很正常。病人意识基本处于昏迷状态，也无法表达自己到底是哪儿疼。

那个年轻大夫停下脚步，仔细检查，看到他的尿管有尿流出，随后检查了一下他的病程记录，发现这几天他的小便量很少。这种情况下的诊疗研判基本凭经验去“猜”，初步判断是有尿潴留情况，于是给病人进行了导尿，患者脸上的表情马上就舒展了。

“我很感谢这位大夫，他给了患者一个很好的解决方案。”开会时，韩灵敏强调最多的一句话就是：不能都怪瘤子。

到了肿瘤中晚期，技术层面的治疗已经达到了天花板，多一份责任心和爱心就显得尤为重要，比如说观察一个刀口的渗出，记录一次大便的颜色。

“哎呀，瘤子引起来的。”——也可以用简单一句话解释。肿瘤嘛，就是这样遭罪，这是大家的共识。

“但实际上你可以做到不一样，”韩灵敏把这份工作定义成“良心活”，“十分疼痛，有五分是肿瘤引起来的，有五分是其他原因引起来的，我们就要想办法把这部分解决掉。”

前不久，韩灵敏刚参加完一场同学聚会，很多同学处在专业前沿，做课题研究。和同行比，行业的荣誉感差了很多。

进出病房，韩灵敏见过很多患者。不管是谁，到最后都要走这个过程。每个时间尽头的故事，都有可能发生在我们自己身上。安宁疗护就是让患者能够安安静静地走，通俗点讲就是少遭罪，给生命以最后的体面。

有一位98岁的老人，在这里住了98天。老人去世后，她的子女一直与韩灵敏保持微信问好的习惯。还有病人去世后，家属送来一面锦旗表达感谢。——这些都让韩灵敏觉得自己的工作，还是蛮有意义的。

（三）

护理晚期患者，每天都在消化负能量，患者情绪低落，家属的神经有时也很脆弱。安宁疗护中心病房里，负面情绪会传染到每个人身上。医护人员经常开玩笑说：“我们也需要安宁疗护。”

不久前，一个“00后”年纪的护士找到张荣说，“护士长，能不能不要给我安排夜班，我害怕。”头天晚上，她值班时，一个患者病逝了。悲伤和害怕的情绪一直困扰着她，她好几天都很少说话，总是担心自己的班上会再次出现这种情况。

张荣也是从年轻时候走过来的，她知道年轻人都喜欢选择产科和急诊室，产科迎接新生命，总是喜气洋洋。急诊室里，当把病人抢救过来，会有职业荣誉感，非常骄傲。可是在这个病区，只有送别。

今年 2 月底，还发生过一次惊险的意外。

一位老大爷肺癌晚期，出现了意识错乱的状态，护士给他打针时，他不让打针，一把便要拔掉针头，“90 后”的小护士出于好心，紧紧抓住大爷的手腕，怕针头划伤血管，这个举动更激起了大爷的反抗。他一口咬住了护士的手，指甲深深嵌入胳膊里，都抓出了血痕，看小护士还没有松手，大爷又掐住了她的脖子。

张荣听到动静后，马上带了两个护士来到病房支援，众人陷入一场混乱之中。病房里看护老人的是他一米八高的大儿子，烦躁状态下，老人用的是蛮力，儿子死死抱住大爷，都没法控制住他，一名小护士按住大爷的脚，差点被一脚踢在脸上。

“等给你颁个‘委屈奖’。”张荣安慰受伤的小护士。

“护士长，你真能说笑，咱这哪有这个奖。”小护士抹干眼泪，简单处理一下伤口后，下午还要照常去病房护理大爷。直至三天后，老人平静地离开了这个世界。

在安宁病房，医护人员要拿出很大一部分精力，去消化自身，以及其他人身上的负面情绪。

张荣还记得去年有一对夫妻在这里住了大半年，患者 50 岁，是脑瘤晚期，陪床的是他 40 多岁的媳妇。俩人没有孩子，患者生病后，全靠媳妇陪床，也没有人替换。

有时候患者心情不好，会朝媳妇发脾气。患者家属就找到张荣倾诉，简直把她当成了“树洞”，对着张荣哭诉完后，她会释然很多：“没什么事，就是想找人说说话。”

张荣查房时，趁着患者心情好的时候，也会板起脸来训他：“看你媳妇多不容易。”患者家属觉得张荣向着她，话能说到她心里去，眉头也舒展了很多。

在张荣看来，不光患者需要心理安慰，陪床的家属也需要心理疏导，但实际上他们往往都是被忽视的一方。在患者面前还要装出坚强的样子，身上有什么不舒服都要忍着，别人也体会不到他们的辛苦。

病房里曾经住了一对夫妻，一个身患肿瘤的女患者，陪床的是她 50 岁年纪的丈夫。患者家属是当兵的，平时看着身体很壮实。有一次，冬天他去别的医院给媳妇取药，回来后冠心病就发作了，心脏大面积梗阻，马上被推进了医院的抢救室，从下午 4 点多一直抢救到晚上快 7 点钟，最终也没能把他抢救过来。

4 点半到 5 点期间，是医护人员的交接下班时间，一直到他离世前，所有的医护人员都在帮忙抢救，没有一个人提出要下班离开。

（四）

与那些入院的老人相比，医护人员更害怕看到年轻的住院者。

令张荣印象最深的，是一个 20 多岁的小姑娘，她还没有结婚，皮肤白皙长得很漂亮，却得了肿瘤。刚进病房的时候，她两眼放空，一心求死。

医护人员轮番上阵劝说：你这么年轻，可以再拼一拼。后来她终于决定去打化疗试试，不久后就转院了。对张荣来说，那个女孩没有再回来，就是好消息，哪怕她转去了别的医院，能争取两三年的生命也行啊。只要她能燃起对生命的希望，也算是自己的成绩了。

让韩灵敏印象深刻的是一个30多岁的小伙子。在病房里看到他时，作为一个主刀过很多大手术的老大夫，韩灵敏的心还是被紧紧揪起来了，“怎么这么多不幸都发生在一个人身上啊。”

小伙子本身是胃肿瘤，后来又出现了急性肠穿孔，继而又发生了急性肾功能不全，原因均不明确。

刚入院时，他肚子上插了好几个管子。腹部的手术切口还不愈合，那个刀口一直是裂开着的，每天都有一些血液渗出。

每次查房时，韩灵敏都带来一些善意的谎言：“别看咱肚子上插的管多，咱不怕，一样一样解决。”“今天没吃饭啊，不要紧，我们有的患者两个月没吃饭呢，咱现在做这些治疗，就是为了以后好好吃饭。”

小伙子话不多，每次与他对话，他的回答都不超过几个字。他静静地躺在病床上，很少吵着哪儿疼。就是这份平静，更让韩灵敏心酸。

陷入昏迷之前，小伙子的家人把他一岁的孩子抱到床前，孩子奶声奶气喊了一声：“爸爸”，小伙子的眼睛亮了一下，房间里看到这一幕的医护人员都掉下了眼泪。

那些看到自己时间终点的人们，总是很矛盾。韩灵敏查房时，患者们唠叨得最多的一句话是：活不了几天了，别拖累别人就行。嘴上虽然是这么说，但是实际上心里的求生欲却很强，比如有的病人一遇到不舒服，就会很紧张，举着呕吐物跑到韩灵敏面前询问：医生，你看看这个颜色，怎么样？有没有问题？

与韩灵敏一样，护士长张荣最看不得病人那种企盼的眼神，曾经有一个患者，每次走到病房，他都会说，“护士长，怎么办，你得救救我。”这个患者患有肠肿瘤，肠道梗阻后粪块堵在肠子里出不来，肚子胀得像球，张荣每天带着护士们用液体灌肠，再抽出来，这样的工作整整持续了一个月。

（五）

死亡不可避免，但如何死去才是一个问题。安宁疗护，之前被大家所熟悉的说法是临终关怀，它可以协助提供生命终末期最大的尊重。

2017年10月27日，《国家卫生计生委办公厅关于开展安宁疗护试点工作的通知》中提到，安宁疗护是指为疾病终末期或老年患者在临终前通过控制痛苦和不适症状、提供身体、心理、精神等方面的照料和人文关怀服务，以提高生命质量，帮助患者舒适、安详、有尊严地离去。有尊严的、减轻痛苦的安宁疗护正渐渐成为新的需求和发展趋势。

2020年，青岛市被确定为首批山东省安宁疗护试点城市，青岛市卫健委确定并公布了几十家单位为安宁疗护试点基地，通过试点基地的辐射带动作用，探索促进安宁疗护发展的工作机制和方式方法。

“目前安宁疗护的公益性付出远远大于经济收益，”青岛妇女儿童医院副院长韩春山总结道，“在为晚期肿瘤病人服务方面，安宁疗护机构要秉承既不能过度也不能放弃的原则去提供个性化诊疗护理方案，其中，更多人文关怀的工作需要安宁疗护团队去承担。”

一方面社会上确实有需求，这种患者也很多。因功能定位不同，大型综合医院主要服务于急症及疑难重症病人，床位紧张，导致这些晚期肿瘤患者住院困难。另一方面，这种患者无法居家护理，不是光有生活护理就行了，肿瘤患者往往有多器官的问题和痛苦，需要有专业诊疗措施的干预。

“查房的时候，尽管有些病人在身体和精神上会有或多或少的痛苦，但他们很多人还是会主动朝你招招手打招呼，这就是一种认可和信任。我们做安宁疗护，更多的是一种人文情怀，让生命在温暖和尊严中谢幕。”韩春山把目光投向窗外。

此时，安宁疗护中心大楼外，隔壁幼儿园的孩子们正在操场上做早操，每天早上9点钟左右，是孩子们的运动时间。欢快的音乐响起，引来病房里很多关注的眼睛。有些患者会趴在窗台上驻足观看很久……

“草木会发芽 / 孩子会长大 / 岁月的列车 / 不为谁停下……”当时间进入倒计时，平静地过好每一天，也许是对生命最好的抚慰。

“跑马”圈的孤勇者

他们都是生活的“孤勇者”，用不肯停歇、不断加速的脚步对峙绝望，重塑起自己生命的城邦。

奔跑让他重获一双看见世界的“眼睛”；

奔跑是她拯救自我对抗病魔的“武器”。

对他们而言，奔跑不仅仅是一场比赛，更是向上生长的精神力量，是刚烈不屈的生命历程。

深秋染霜叶，2022 年青岛马拉松将鸣枪开跑，无数矫健的身姿将绽放在碧海蓝天之间，渲染一幅蓬勃壮美的画卷，其间，就有他们——“跑马”圈的孤勇者。

（一）

看不见的赛道，看得见的梦想。据不完全统计，我国目前有超过 1700 万名视障人士，在陪跑志愿者的协助下，越来越多的视障人士参与马拉松赛事，让他们从中获得了更多的生活和社交空间，而与捧在手心里奖牌一同闪耀的，是他们崭新的人生价值。

10 月 6 日一早，李杰的康复运动工作室就响起了清脆的门铃声，有跑友早与他约好，带女儿来做晨跑运动后的推拿按摩。

“女儿今年报了半程，我今年就不跑了，当个志愿者，在终点线上发发补给。”当天早上一见面，跑友就与李杰讨论起青马——这场家门口的赛事，在青岛跑友圈里备受关注。

清晨的阳光穿透玻璃窗洒向屋内，按摩床、边角桌、墙上的穴位图，木架子上挂的一串马拉松奖牌，都被罩上了一层光晕。47岁的李杰在按摩床旁来回挪动，一米八多的个头，身穿一身黑色紧身运动衣，脚蹬一双橙色跑鞋，紧实的肌肉线条如雕刻般分明。

这个国庆节假期，李杰没有休息。跑友们清晨跑完步，常常要过来做做按摩，放松肌肉筋骨；赶上加班的跑友，晚上下班后才能过来按摩。大家要以最好的状态迎接一个月后举行的2022青岛马拉松比赛，李杰则要忙到晚上11点多才能打烊回家。

从2021年开始，李杰就以特殊的方式"参与"青岛马拉松赛事——身为赛后保障人员，他义务为完赛的跑友们做肌肉放松、拉伸，以及一些简单的伤痛处理。去年青马赛事当天，他服务了40多位跑友，连午饭都没顾上吃。

自从9月21日2022青岛马拉松启动报名以来，李杰的跑友圈里相关话题热度不降，从购置一套新跑服，到晨起加强运动训练，再到运动后的康复按摩，统统安排起来，大家摩拳擦掌，憋足了力气，就等着争取个好成绩。比赛开跑的日子仿佛镀了一圈光芒，每次翻看日历时，跑友们都会向它投去期盼已久的目光。

"这样的力度，怎么样？"跑友的女儿今年12岁，平时在学校里是长跑运动员，李杰用手掌按了按她的小腿肚子问道。得到肯定的回应后，他将左手压在右手上，打着圈从左到右、从肩到胳膊给女孩按了一遍。

"青马还是有难度的，31公里撞墙期正好就卡在石老人那个大上坡上……"李杰慢条斯理地讲述着自己的体会。

"撞墙期"是跑到一定阶段身体的反应现象，此时人疲惫到了极点，双腿特别沉重，迈开步子十分艰难，有随时停下脚步的意识。

这种感觉基本存在于每个跑者身上，李杰也不例外，而且身为一名视障跑者，他的感受更为深切。

李杰患有先天性视神经萎缩、眼球震颤，右眼视力 0.01，左眼视力几乎为 0，仅有微弱的光感，医学鉴定为一级盲，用他自己的话形容就是“比全盲好那么一丢丢”。

打个比方，一米之内看一个人的脸，他只能辨认眼睛、鼻子、嘴巴大体在什么位置上；看书阅读需要用比放大镜倍数更高的目镜，一行文字在有限的镜面里只能一个字一个字出现；过马路看不清红绿灯和路标，走路看不见马路牙子，只能脚尖点地，探索式地缓慢前行。

如果远看这一幕，颇像是慢放的电影镜头，一个人被穿梭的车流抛向孤单无助的境地。

但是，如今的李杰，会在每天清晨 5 点多走出家门，步行到附近的奥帆中心，跑上 10 公里，赶在 7 点半回家。其间，他还经常带新手跑步，教新上路的跑友调节步速，甚至帮 200 多斤的胖跑友减了肥……

从 2014 年开始“跑马”，李杰已拿下了十几场赛事，青岛马拉松算是他的入门赛事。2017 年，他在跑友们的陪伴下跑完了青岛马拉松全程，用时 3 小时 59 分 24 秒。而他的最好成绩，是参加 2018 年上海马拉松，用时 3 小时 28 分 50 秒。

8 年前的李杰没想到，有一天自己能像矫兔一样在大地上疾驰。

在 2014 年的青岛市市南区残疾人运动会上，一位马拉松跑团的大哥看了他的百米跑成绩后，建议道：“你的耐力不错，可以尝试去跑马拉松。”

“我看不见，恐怕走不了太远的路。”李杰惶恐道。去不熟悉的地方，如果不是家人陪伴，他根本寸步难行。

“视障人士参加马拉松比赛，会有志愿者陪你一起跑，为你引路，保障你的安全。”跑团大哥的话让李杰听了很心动。抱着试试看的态度，他参加当年青岛高新区的马拉松比赛，完成了自己的“跑马”首秀。

“感觉太棒了，“跑马”为我打开了一个新世界。”出生以来，“眼神不好，寸步难行”一直像禁锢李杰身体的镣铐，在以往熟悉的生活圈子，他的活动范围不超过小区周围。而如今，在跑友的陪伴下，他去过上海、北京、甘肃……奔跑在不同的城市、山野，肆无忌惮地享受自由的风、温暖的阳光照拂过身体，创造着一个个属于自己的奇迹。

让李杰印象最深的是参加2017年“戈十二”挑战赛，青岛马拉松协会会长孙化明为他联系了北京戈友援助基金会轮值主席历伟助力。

得知李杰第一次参加戈壁滩的“跑马”赛事，前一天刚攀登过海拔7000多米雪山的历伟不顾劳累，迅速组织了一支4人陪跑小队，还细心地为李杰准备了防沙鞋套、泡腾片和藿香正气水等物资。

“虽然路不好走，但是那次比赛特别有意义。”以往，李杰很注重参赛成绩，但那次“跑马”经历，让他有了不一样的感触。

原来历伟有个习惯，在参加“跑马”赛事的时候，会带很多垃圾袋，“跑道上会有一些被遗留的垃圾，他说‘要把不属于戈壁滩的东西带走’。”李杰清楚记得，那次赛事全程29公里，而这支5人“跑团”为了捡垃圾，实际行进路程将近50公里。

李杰看不清垃圾的位置，主动承担起背垃圾的担子，到达终点时，他们一共扛了30多袋垃圾。

戈壁滩上多雅丹地貌，在跨越一道1米多宽的地沟时，历伟一下扑在沟上，让李杰踩着他的身体过去。李杰拒绝了：“你们在这个沟旁边围一个圆圈，我摸着你们的胳膊自己滑下去。”

陌生跑友无微不至的照顾让李杰深深感动，但他更希望自己可以像正常人一样平等参赛。

在竞技的角逐场上，李杰一次次挑战自己。这是他面对赛场的自强与执着。

2017年威海铁人三项比赛中，头一天骑着自行车试跑道时，有一辆车停在路边，前面的跑友都避开了，李杰看不见，车速又快，一头撞在车上，脸擦破了，胳膊鲜血直流。

“还能参加比赛吗，要不算了吧？”参加比赛的跑友们担心道。铁人三项中有一项要游过1500米的自然海域，如果伤口不愈合泡了海水，有可能引发感染。

第二天，伤口稍微愈合，李杰坚持完成了赛事，“跑起来只要有人在我身边陪伴，我就能分辨方向，但是游泳比较难，在水里别人很难帮到你。这时候只要盯紧前面一个人的脚，我就能跟上。”

近年来，随着马拉松赛事在中国的日渐成熟，为视障跑者陪跑也形成标准化：每次赛事，全程一般有三名志愿者组成陪跑小团队，其中两名志愿者通过牵引绳在前面开路，协助补给以及控制方向、速度，另一名志愿者则在后面保证视障跑者安全。

北京、上海都成立了专门为视障跑者服务的志愿者陪跑团队，从赛事报名、到达后的接送站，到线路规划、全程陪跑，服务项目越来越细致到位。上海的“黑暗跑团”自2016年成立至今，几千名注册成员中就包括两千多名陪跑员、四百多名视障跑者。

“跑道无障碍，人心无障碍。”赛事中比角逐输赢更温暖人心的，是平等、互助的精神。“跑马”前的李杰在人群里安静得像个透明人，现在的他敢于走出视力所不能及的区域，敢于尝试去探索世界。

每次“跑马”，李杰周围都会有五六名志愿陪跑员，遇到比较拥挤的时候，陪跑员会边跑边喊：“视障跑者，请避一下。”立时，人群自动分出一条道路，“加油！”“加油！”一声声鼓励随之传送到耳畔。

这条被簇拥的道路，像开满了五彩斑斓的鲜花，比抵达终点更加温暖人心。

（二）

“我经常教育儿子，世上没有干不成的事，就看你想不想干。”在家里，唐公胜经常讲起严伟的故事，激励自己的孩子。

严伟是国内首位完成100公里“超马”的盲人跑者，唐公胜是他日常锻炼时的陪跑员，也是帮助他感受世界的一双眼。

50岁出头的唐公胜是高密电视台的一名记者，2016年开始跑步，2018年认识了盲人跑者严伟。彼时的严伟已是跑圈里的“名人”，是一位同事的采访报道，引起了唐公胜的注意。

跑圈不大，在严伟寻找陪跑人员时，唐公胜主动伸出了援手。他们住的地方相差不到一公里，这是很大的便利条件。

经常陪严伟跑步的有20多人，唐公胜绝对是出勤率最高的一个，“怎么形容呢，就好像小孩吃糖一样，没有够。”

但唐公胜有时很无奈，自己这个年龄陪跑，已经跟不上严伟的体力了。

每天晚上从7点多开始，严伟约跑的短信就来了。“我想睡个懒觉。”唐公胜回复道。

严伟借助手机软件与跑友联系，沟通不是很顺畅，一圈问下来，差不多就到晚上10点多了。“有时候问了一圈，别人都有事，他又回头重新问我一遍。”这时，唐公胜也只能开玩笑地答应下来，“看来我想偷个懒都不行啊。”

唐公胜此前因为采访短暂接触过盲人，但陪跑需要注意什么，他没有经验可供参考，“最开始我问他，需要我做什么，严伟回答：你只要正常摆臂就行。”

志愿者和盲人搭档跑步，需要用时间和里程来打造默契。

陪严伟跑步时，唐公胜不会戴耳机听音乐，因为盲人耳朵特别灵敏，耳机里的声音会形成干扰，诸如此类，两人随着脚下里程的延伸，磨合出了一些心照不宣的日常习惯。

有一次两人在公园跑步，风很大，吹得人摇摇晃晃，严伟差点绊倒，一下紧张起来，埋怨的话脱口而出：“你跑偏了，差点把我绊倒！”

唐公胜回道：“我一直走直线，哪儿偏了？都说了今天风大，你非要跑！”

“关风什么事，让你戒烟戒酒你不听，我都能感觉到你心肺功能跟不上了。”那次拌嘴后，唐公胜还真的把烟戒掉了。

两人跑步时都是并肩前进，通过一根60厘米到80厘米长的盲绳协同。唐公胜通过牵引绳子一端，及时发出提醒，比如地面坑洼、路旁掉落树枝、路面有井盖等。

盲人听力和身体感知能力的敏感性要异于常人，陪跑者呼吸、脚步稍有改变，严伟都能感知到。“有时候，我轻轻地触一下绳子，他能朝我这边跨好大一步。”唐公胜十分清楚握绳的力度要轻，否则自己的手一紧张，严伟也会跟着紧张。

一次路上遇到车辆在身后按喇叭，严伟觉察出了唐公胜的小心，说道：“不用紧张。”“你不紧张，我紧张。”唐公胜手耳眼并用，观察着周围的动静，在拥挤的车流中，脚如果一下子落到坎上，导致这位盲人跑友绊倒，责任就大了。

陪盲人跑马拉松，不仅讲究摆臂、步频、步幅、步速的配合，就连呼吸也相当讲究，如果一个气定神闲，一个喘得像拉风箱，两个人的节奏就会打架。

“我的跑速都是严伟训练出来的。”唐公胜笑说，对于跑步，他最初是出于“玩票儿”的心理，陪严伟跑步后，自己成绩提高很多，发力方式、跑姿等都有意识地向专业选手靠拢。

深入接触后，唐公胜对这位盲人跑友更多了敬佩。“他对自己要求很严格，疫情防控期间，严伟的盲人按摩店暂时歇业，他每天没事就锻炼，负重一百斤，一天能做两千多个蹲起，跳绳一天两万多下，运动员都达不到这样的训练量，所以他腿部特别有力量。”

“有时候我会忘了他是个盲人跑者。”陪跑遇到上坡时，严伟会非常兴奋，嘴里“嗷嗷”地喊着就冲上去，能拽得唐公胜接连好几个趔趄。

在唐公胜所在的跑团里，严伟每个月甚至全年跑量都是第一名。陪他跑步的跑友，配速从每公里 4 分钟到 5 分半钟不等，他都能将就。陪跑者换了一批又一批，有的人被他带起来了，成绩不断攀升，有的人因为速度过慢，则被他“淘汰”了。

“跑团里不会歧视视障人士，反而会像保护‘大熊猫’一样对他。你看，有时候大家一起出去参加比赛，近 80 岁的老年跑者、像严伟这样的盲人跑者、新手都会得到额外的关照，都是好几个人前呼后拥的。”

国内一项马拉松赛事有个筹款项目，是为视障人士提供医疗救助，帮他们重获光明，项目名叫“看得见的希望 Seeing is Believing”。他们的宣传语很出色：“当你在比赛途中，如果有啦啦队员向你欢呼的时候目光飘向远方，不要介意，因为他们心里看到的是你的呼吸、你的心跳、你的专注与你的付出。”

（三）

这次的青马，张萍不能参加了。

2022 年 5 月底，已经 59 岁的她因为乳腺癌切掉了一侧乳房，而 18 年前，她的另一侧乳房也因癌症被切除。

患癌后，张萍爱上了马拉松，还在 55 岁的年纪时参加了铁人三项赛。这些年，张萍经历了两轮化疗，一次比赛中心搏骤停，但她没有停下脚步，“正因为得过癌症，我才会更加关注健康，更加喜欢跑步，更加喜欢马拉松。”

“家门口的比赛不能参加，好可惜！如果不是身体原因，我一定参赛。”看着朋友圈里跑友们都在讨论今年的青马赛事，张萍的脸上满是沮丧。这些天，她刚刚经历了第五轮化疗，间隔 21 天恢复期后，到 10 月底才能完成最后一轮。

“化疗太痛苦了，刚打完吊瓶的前三天，看什么都想吐。脚沉甸甸的，抬不起来。”对于 59 岁的张萍来说，这样的痛楚，早在 2004 年她已经历过一次。乳腺癌，夺去了她的乳房。

为抵抗癌症的纠缠，张萍选择了运动。2015 年，她偶然间看到一本村上春树的随笔集——《当我谈跑步时，我谈些什么》，一下子被吸引住了。

早在成为作家以前，村上就爱上了跑步，从夏威夷的考爱岛，到马萨诸塞的剑桥；从村上市的铁人三项赛，到希腊马拉松长跑古道，他将这些年来在路上一面奔跑、一面思索的东西结集成书。

“痛楚难以避免，而磨难可以选择——每当村上长跑时，脑海里就反复出现这句话。”为了体会这本书里描写的感受，张萍也开始跑步，继而从跑步晋级到“跑马”。

“跑步会放大身体的知觉，跑步时，满耳都是身体里的声音，胸腔里的震动，肠胃咕噜噜的胀气声，还有呼哧呼哧的呼吸声，仿佛一架风箱，越拉越响亮。”“跑马”的最后几百米，手术的伤口会痛，但是也分不清到底是身体哪一部分痛，这时的张萍会大喊：“为自由勇敢的心加油！”为自己打气鼓劲。

得益于“跑马”，张萍发现自己的身体变强壮了，一些小毛病竟渐渐消失了。比如，因为免疫力低身体虚弱，她原先患有日光皮炎，不能见太阳，遍寻名医也不见效，现在她可以肆意在阳光下奔跑，皮肤被晒成健康的小麦色，这也是她最自豪的事情。

“参加了多少场马拉松没有细数过，至少 50 个吧。”疫情之前，张萍每年最少参加 3 场国外马拉松比赛，新加坡、加拿大温哥华、美国旧金山、希腊雅典、德国柏林、日本冲绳等，都留下了她“跑马”的足迹。

“最喜欢数万人一起等待出发的时刻。比如北京马拉松，枪响前几万人合唱国歌，那个时刻，会不由自主地热泪盈眶，心中那份对国家的自豪感油然而生。”直到现在，北京马拉松仍是张萍最喜欢参与的赛事之一。

而最让张萍引以为傲的，是 2019 年在上海举办的世界铁人三项赛中，她以出色的成绩获得铁人三项世锦赛的参赛资格。

“这个资格是很难拿到的，在 55 岁到 60 岁这个年龄组里，我排名第一。”每个年龄赛段组里，选手只有拿到前三名的成绩才能获得下一场比赛的资格，下一场比赛定于 2023 年在芬兰举办。

“本来打算参加比赛，顺便去看极光，现在看来，可能身体条件不允许了。”张萍遗憾地说。

2022 年化疗之前，张萍还经历过一次生死危机。

“根本不知道咋回事，人一下子就晕了。”2020年9月13日，张萍在东营参加铁人三项比赛时，在自行车赛段中突发心搏骤停。“那次经历后，我了解了什么叫猝死，就是一点知觉都没有，没有任何疼痛感。”

等张萍苏醒时，已经躺在了急救车上，从身边救护人员的讲述中得知，“现场非常惨烈，牙齿摔掉了五颗，手腕骨折，头盔里全是血。”

“我参加比赛时是佩戴着心率仪器的，后来查看了一下，心脏有一分钟是完全停止的，后来又复跳了。医生说没有抢救措施的情况下，心脏自然复跳的概率非常小，也可能是摔掉了牙齿，剧烈的疼痛刺激了身体反应。”张萍回忆道。

“心搏骤停是很可怕的，有段时间，我都不敢靠近马路牙子走路，怕万一摔倒不省人事了，正好有车路过，就会非常危险。”咨询过几位病友后，张萍做出了艰难的决定。

一年后，张萍的胸前多了一个火柴盒大小的心脏起搏器。“有一根导线就插在心脏壁上，一旦探测到心脏停了，就帮你电击一下。”

可刚装上心脏起搏器没多久，身体再次查出癌症，张萍用“倒霉”两个字形容自己接二连三的境遇。

“有一段时间我很沮丧，但是想想最开始“跑马”的时候，被村上春树触动的那句话——‘痛楚难以避免，而磨难可以选择’，至少我经历这么多磨难还活了下来。现在可能艰难一点，至少我还活着。”说起这些经历时，张萍语气平淡得仿佛在讲述别人的故事。

岁数一年年地增长，张萍对生命也更加珍惜。每次打完化疗，身体稍微恢复一些，她便会尝试着慢慢恢复运动，“第一个疗程和第二个疗程后还可以去游泳，第三个疗程后就不行了。”

化疗的副作用是累积的，她的身体反应越来越大，“打完点滴的前三天最难受，那种感觉就像身体里有蚂蚁在爬，一阵冷一阵热的。”

“如果你整天躺在床上，心情可糟了，会悲观地胡思乱想，你要为坏心情找一个替代。”化疗后虽然没法跑步，但张萍依然按照平时跑步的作息时间起床。

以前早上五点半起床跑步，现在她仍会在这个时间点出门，骑上自行车，沿着跑步训练的路线遛一圈，以维持曾经坚持日常训练时的生物钟。

受妻子的影响，张萍的丈夫几年前也开始“跑马”。“有一天，他说也想跑步，我就带他到附近的学校操场上试了试。我教他跑姿，调节跑速，第一次他就跑了 6 公里，一下就有了信心。”

2019 年，张萍两口子在日本富士山跑完了两人的第一次全马。

“没想到他比我还迷恋跑步。”让张萍惊讶的是，丈夫对跑步更专注。去年，单位从福州路搬到了即墨蓝谷，为了赶上早晨 7 点钟的班车又不耽误跑步训练，他每天 4 点多钟就起来晨跑。

“身形像小伙子了，他很得意同事们这样的夸赞。”对张萍来说，最欣喜的是老公身体变好了，“以前他的胃特别不好，现在吃得再多也不影响消化了。”

张萍朋友圈里有一段 2021 年在青岛马拉松赛道上录制的小视频：开跑前，她教丈夫举起手来比画胜利的手势——“耶”，她在一旁解说道：“现场直播啦，今天我不仅是老公的教练兼私兔（即私家马拉松定速员），还是专职摄影师。”

张萍说，他们有一个小目标，等退休后，以参加马拉松的名义到世界各地去跑步，这样也可以一起看世界。

“跑步会给你一种很阳光的感觉，无论是别人看你，还是你内心能感觉到的，都是一种被阳光晒过的、灿烂的感觉。”不同于村上春树的哲理领悟，张萍形容跑步的感觉更加感性。

对抗疾病的这几年里，坚韧、坚持、坚强，挑战生命的极限，体会生命的意义，“跑马”精神一直鼓励着张萍：“命运充满了各种意外，总之我们就做好各种准备，意外来临的时候就接受吧。没办法，也逃不掉嘛。”

街头卖报人

凌晨四点半出摊，下午五点半打烊，365天，30多年，任城市如何更新与进步，老于和他的报摊在时代的狂飙突进里化作了老城老街的地标。这是我们熟悉又陌生的所在，每一天迎来送往，每一份递出的报纸杂志，每一句天南海北的闲聊，都连接起鲜活的人与海滨的城，燃起灵动的市井烟火，汇成一份无法割舍的城市情怀。您，想起来了吗？

（一）

凌晨四点半，夜幕与晨曦的分界线越来越明了，天边刚泛起鱼肚白，出门前喝下一碗热腾腾的鸡蛋汤，70岁的于桂山就往自己的报摊赶去。

作为客居青岛30多年的潍坊人，老于一直保留着这一饮食习惯，晨起空腹，鸡蛋汤由口中缓缓灌入，就像打通了任督二脉，身体瞬间被唤醒，一年四季皆是如此，在这高温天里也不例外。

老于家住观海路，报摊位于湖北路，十几分钟的路途经观海一路、德县路、安徽路，终至老舍公园东隅。他穿一件白色的无袖大褂，一条黑色短裤，一双黑色凉鞋，斜背一个黑色挎包，双手拎两只空暖水瓶，脚步急促。凉鞋着地的踏踏声，挎包里的钥匙随着脚步摩擦的哗啦声，敲醒寂静的老街。

老于的报摊位居十字路口一角，嵌进人行道旁边的一个狭小空间，背依着湖北路5号外墙，这座营建于1906年的三层希姆森公寓楼，青岛解放后一直是大众日报社记者站，如今是青岛文学馆，东侧隔着安徽路就是久负盛名的老舍公园。报摊栖息于此，倒是颇能彰显几分文化的属性。

掀开覆盖在报摊最外面的防雨布，老于将防雨布一角的绳子拴在街道边的法桐树上，一角绳子拴在街角禁停指示牌的立柱上，拿钥匙打开门锁，拉开简易卷帘门，刚露出一条小缝，一条小白狗汪汪叫着，迫不及待地冲出来，围在老于腿边直摇尾巴。

“豆豆，往边站。”老于叫着它的名字，轻轻用脚将它推到旁边，继续去拉卷帘门。豆豆是老于九年前收养的流浪狗，每天晚上它和几只鸟住在报摊里。

打开门，老于往外搬运鸟笼，六只鸟笼被他顺次搬至立于路口的墨绿色电信交换箱旁边，三只鸟笼立在箱顶，三只鸟笼放在马路沿上，鸟笼里分别住了鹦鹉、麻雀、八哥和灰喜鹊。除了八哥和鹦鹉是老于今年刚买回来的，其余几只都是他救助的野鸟，两只灰喜鹊是附近理发店员工头一天刚送来的，不知为啥翅膀受了伤，飞不起来了。

摆放好鸟笼，老于又收拾起报摊。摊位的地面与人行道之间有一条狭缝，老于先用砖头将它填平，再把一个活动木板支起来，报纸、杂志排着队，一沓沓整齐地摆上去；儿童玩具拿到摊前或悬挂，或摆放，小汽车、泡沫飞机、塑料恐龙、泡泡枪……花花绿绿占据一角；饮料装进立式冰柜，满满塞了几层。

忙活半天，老于的大褂已经全部湿透，肩膀上的方块补丁愈发明显，前几天大女儿说要给他买几件新衣服，他连忙摇手，“不是我不舍得花钱，我这天天干活呢，穿新衣服糟蹋了。”

一辆清扫车从安徽路走过，无人的街道上，轰隆隆的声音渐强又渐弱，挥着扫帚的环卫工人从报摊前走过，“昨晚看新闻了没？佩洛西还真敢去台湾啊……”

“看了，我一直等到10点多才睡觉。”老于每天有固定作息：晚上8点前睡觉，凌晨3点前起床，为了等这一新闻的动态，昨天他晚睡了两小时。

“突突突——”不远处一辆小摩托驶来，年轻的小伙子递给老于一沓8月4日当天的《半岛都市报》。“‘半岛’总是第一个来送报的。”老于接过报，摆在报摊最显眼的位置。从中间抽出几份，放在脚下的箱子里，有老顾客会等着攒够一周的报纸才来拿，老于要帮他们留好。

此时已是早上6点多，老于站在路边歇口气，对面的粮油食品店开门营业了，买早点的人已排起长队……

（二）

老于来自潍坊昌邑峠山农村，说起落脚青岛，完全出于一拍脑袋的决定。1989年，14岁的大女儿没考上中专，为了让女儿有更多的求学机会，老于拍着胸脯说：“咱去大城市！”

上一次去大城市，老于还是个年轻小伙，20世纪70年代初作为模范民兵代表，去省城济南接受表彰。

自恃有去过“大城市”的经验，老于父女揣了200元现金就坐上了开往青岛的汽车，“在车站，身上的现金就被偷了个精光。”

闯荡“大城市”的第一天就遭遇山穷水尽的窘境，就在父女俩一筹莫展之际，老于在海边看到有园林部门正施工，地上散落了一些即将遗弃的绿化植物，老于上前商议，欲将这些绿植运回老家再次售卖。

就这样，老于赚到了在“大城市”立足的第一桶金。看到他没地方住，园林部门给安排了一间临时住所，虽然连一床被褥都没有，但“已经很满足了，差点就睡大街上了”。

脑子活络、干活踏实的老于后来顺利入职园林广告部门，在跑业务时又结识了一位学校校长，校长很热心地帮他解决了小女儿来青上学的难题。半年后，媳妇季洪湘带着小女儿来到青岛，一家四口租了一间8平方米的老房子安顿下，逼仄的空间只放得下一张床、一个沙发，两个女儿都睡在吊铺上。

不久，有人给老于出主意：卖报赚钱，可以支个报摊买卖。于是老于夫妇在安徽路上支起了自己的报摊，媳妇季洪湘是主力，老于下班后过来帮忙。大女儿白天陪父母沿街卖报，晚上复习功课，最终如愿考上了电大。

也就是那时起，老于养成了这样的生物钟：每天凌晨不到3点起床，赶去发行站取报纸，因为去晚了，报纸就分没了。虽然现在不用再“抢”报纸，这生物钟却像长进了老于的身体，每天到点眼皮就张开了，忙活一下家里的活，四点半再去出摊。

“最多的时候摆了600多样报纸和杂志，三米多长的桌子都摆不开。”冬天最冷的时候，老于要叠穿三件外套、四五条棉裤。“干报摊之后一天都没休过，天天都要卖报啊……”34年间，老于的父母过世、女儿们结婚，他的报摊也没关过门，“和媳妇两人倒换班，什么事都就对付过去了。”

10年前，有附近的房介邻居来买报纸，老伴儿季洪湘随口问了一句：“附近有没有小房在卖？”

“大姨，有个好的，刚挂出来。”房介的回答，让季洪湘觉得这是她与落脚之地的缘分，“一直租房住，60多岁了，想买个属于自己的房子。”关于这件事，她和老于已商量许久。于是季洪湘当天去看了房，当天就买了下来。

“买的时候不到40万，现在有人出到200万呢。”提起房子，老于总是禁不住笑呵呵的。过户前院子里杂草丛生，没燃气，没供暖。刚过户没多久，老城改造就通了燃气和暖气，政府还修缮了房顶，硬化了院子的地面，这小房子的价格也直线蹿升。

“每一步都卡准了点，这些信息，都是从‘半岛报’上看的。”老于对此很得意，平时没少关注报纸的民生、房产等消息，“挣钱不容易，老百姓过起日子，每一分钱都要花在刀刃上。”

老于的房子不大，十几平方米，好在老房子层高比较高，他将房子改造成两层，上面是吊铺，加了楼梯，“孩子们回来也有个地方住”。

早在买这个小房子前，老两口先给两个孩子买了房，每个孩子各给了40万，置房添车，用的都是这些年卖报纸的积蓄。

孩子们又添了孩子，当上了姥爷姥姥的老于和季洪湘，也肩负起照看外甥的责任。几个外甥都在报摊前长大，小车子里一躺，夏天罩纱帐防蚊，冬天盖棉布挡风。再长大点儿，他们就搬个小板凳，让小孩子坐下，嘱咐道：“不准乱动啊。”

十字路口车水马龙，看到姥爷姥姥忙着卖报，小孩子们也乖，只围着报摊打转。再长到两岁多，他们就把外甥们送到离报摊不过十几米远的幼儿园，“年纪虽然小点儿，但吃、睡有人照顾，总比跟着我们强。”

（三）

早上刚过7点钟，街上的行人逐渐多起来，如流水般不歇。

两个结伴去逛前海沿的外地女孩在报摊前停下了脚步，“哇！好久没见报摊了。”一个女孩惊喜地感叹，拍照打卡，顺手买下一本文摘杂志和一份当地报纸。

“你们从哪来？”老于问。

“安徽。”两个女孩回答。

“买报纸就对了，了解青岛的事儿，信息挺全的。”老于笑着递上报纸。

一阵儿工夫，有夹公文包匆匆路过的上班族，买下两本杂志和一瓶饮料；有在附近早市上卖菜的大姐收工后开着电动三轮车经过，停下来买上一瓶冰镇饮料……

生意间隙，老于将一叶大头菜横切竖切地剁碎，拌了玉米面，和成鸟食，盛在一个塑料杯中，先用勺子添满了几只鸟笼中的鸟食罐，再用吸管吸了剩下的鸟食，喂刚来的灰喜鹊。灰喜鹊不会自主进食，早就喳喳张大了嘴巴。老于从笼中将它拎出，一只手握住它的身体，一只手用吸管将食物挤进它的嘴巴，灰喜鹊便一下一下伸缩脖子，慢慢往下吞咽。

曾有人喊老于“鸟叔”，捡到受伤的鸟后都送到他这里来救助，老于帮它们养好伤，再放飞，“记不清救了多少只了，光喜鹊就有百八十只吧。”附近还经常有胆大的麻雀，领着自己的鸟宝宝来报摊前觅食。

多年前，老于的报摊一直是湖北路上的“网红打卡地”。那时，他的报摊上有四只明星八哥：大鹩鹩、点点、妞妞、海蛎。大鹩鹩是推销员，站在报摊前一遍一遍叫卖——“半岛都市报”；点点是收银员，有人买报付了钱，它立马衔在嘴里放进里面的收钱箱；妞妞是保管员，钱箱只有老于能动，别人要是伸手靠近半步，它的喙便如小刀般飞来；海蛎是迎宾员，早上站在旁边的院墙上跟行人打招呼——“你好”“恭喜发财”。用老于的话说，那几只八哥的标准发音不亚于电视上的播音员。

要问这几只动物明星有多红？不光占据了当时报纸媒体的版面，还上过山东电视台、中央电视台。山东电视台来拍摄的时候，还设计了一个有趣的镜头：“导演没付钱，拿着报纸就走，妞妞一直追出十几米，拽着他的衣袖把他拎了回来。”

“妞妞是我养的第一只八哥，她来那年是1999年。”2020年，为配合疫情防控工作，老于只得把这些老伙计一一送走，“送走妞妞的时候，它21岁了，换算成人的年纪，相当于百岁老人了。”

话音刚落，此时已临近早上7点半，老伴季洪湘赶来替班，让老于回家吃早饭，“馒头给你热好了，空调开着呢。”老于“嗯”了一声，额头的汗珠顺着层叠的皱纹滑进眼睛里，抬手擦了一把。去年季洪湘因为膝盖半月板发炎住了三天院，腿脚不方便，此后报摊基本就由老于顶着，她只在家做做饭，收拾家务。

半小时后老于再次返回报摊，季洪湘则回家准备午饭。

此时，报摊前的老客户越聚越多，陆续有老街坊走来，在报摊前的几把破旧小板凳上坐下。一上午，小板凳上不断变换着客人，有人离开，又有人加入，聊天的话题也一再转换。聊城市更新，聊台海演训，聊俄乌局势，聊儿女，聊萌宠……熟络得仿佛进了自家门。

“吆，来新鸟了。”一位老人看出了报摊新变化。

“昨天来的，飞不起来了，旁边理发店的人送来的。”老于答道，转身去拿开水壶，端住茶盘，开始沏茶。

老人姓王，今年90岁高龄，是位退休干部，住在齐东路，两个儿子都在美国定居，孩子们常年不在身边。不知从何时起，每天坐1路公交车来老于的报摊取报纸、聊天，成了他的日常。

“我最近天天去看百盛楼上那个大屏，连着去看了一个多星期了。”从报摊顺着湖北路方向走下去，就是播放裸眼3D大屏的位置，老于向王老“安利”附近的新街景。

“昨天还和老伴说，等过两天人少点儿，我们再去看。”王老把报纸塞进随身的挎包里，顺手摆开一只木凳坐下。只等老于的热茶一斟，大家的话头便如茶叶一般，慢慢浸出滋味来。

“老于，你不加个啤酒桶？卖个扎啤。”天气太热，有人摇着扇子向老于建议。

老于摇摇头，“没那个精力。”这几天太热，路过买冷饮的人特别多，一天下来，人忙得几乎屁股不着板凳。卖饮料目前是报摊最大的盈利点，前几天下雨，一天进项就二三百元，这几天天热，一天进项能有八九百元。

其实卖一百瓶饮料也就挣一百多块钱，利润颇低，但是老于从来没动过“关门”的念头。对他来说，这是个离不开的营生，是他在这个城市里真正意义的归属，它让一家四口在这里扎了根。

（四）

“每天就是卖报。”老于这样总结自己的过往。不光是每天围坐在报摊前聊天的老伙计们，那些与报刊发生关系的人和事，几乎构成了他的全部社交生活。

曾经有女人从这里路过要去海边轻生，在他报摊前逗留，老于觉察出异样后拉着她聊天，“就是生聊，聊到她忘了那个念头为止。更年期加上退休，很容易出问题。”老于觉得人在生死之间徘徊，就是一个念头在作怪，有人拉你一把，这个坎就过去了。

老于家的墙上挂着一幅十字绣，绣的是孔雀翎羽抖擞地漫步在鲜花丛中——这是他救下的轻生者送的。

临近中午，天气越发闷热，街道也越发热闹嘈杂，不断有旅游大巴驶过，开进老舍公园附近的停车区，从车里走出来的年轻游客路过报摊时，十有八九要停下来拍两张照。

“前两天还来了一群大学生，对着报摊好一通拍视频，好像是大学里要做什么研究作业。”坐在板凳上的老人们聊起报摊被年轻人围观这事，已不觉得奇怪。

在这个数字化媒体盛行的时代，年轻人早已习惯通过手机获取信息。

老于的报摊，于时代存在的意义似乎更多的是一种纪念。“我能动一天，这个报摊就不关门。”忙活报摊，对老于来说，或许更多的是一种晚年的人生寄托。

前几年城市清理占道经营，报摊越来越少，好在青岛文学馆的负责人给他清出院落一角，盖了报亭，让报摊的生意得以延续。

“我做了豆角，你回去吃午饭吧。”进进出出的老于没看到再次返回报摊替班的老伴季洪湘，直到她走到身边开口说话。

“今天一上午人太多了，等会儿我再走吧。”怕老伴忙不过来，老于不着急离开。

“吃完饭再回来，活什么时候能忙完。”报摊很小，季洪湘往里站了一下，把老于挤出了棚子。

“好，我 20 分钟就回来了。”忙起活来，老于是个急脾气。他急匆匆走回家，打开电视，调出新闻频道，倒上一杯白酒，就着老伴做的饭菜，啧啧地咂几口下肚，白酒的绵柔像一只手轻轻抚慰着刚才还在紧张忙碌的身体，一上午的疲惫仿佛顿时消散了一半。

短暂的午饭后，老于又返回报摊，脸颊的汗已成串，又顺着下巴滴落，看了一眼天上的日头，炙热烤人。顺着老于的视线望去，报摊的顶棚和身后的屋檐，裁出一角碧青的天，白云悠悠飘走，小鸟翅膀不动地滑过去，围着报摊忙活的日子就这样一天天地过。

这就是卖报人老于的一天，一件件稀松平常的小事，构建了他多年来的生活日常。

夜市一家人

临近中秋，团圆气氛渐浓，三五亲友结伴在夜市上开启“逛吃模式”，也是一种消遣假期的方式。每天傍晚，徐朝一家人会陆续会集到夜市餐车前。作为听障人士，他和妻子将一份份无声美食传递。十岁的儿子站在角落里给餐盒套袋子，年迈的父母进进出出做翻译、帮厨打下手。日复一日，一家人这样忙碌的场景在中秋节也不会例外。对徐朝一家人来说，中秋不只有赏月吃月饼，只要在一起，就是过节和团圆。

（一）

傍晚时分，青岛城阳区惠宁路冷清的街道逐渐热闹起来，道路两侧摊位一字排开，这便是白沙湾夜市。因靠近空港物流园、大型社区，周围打工、生活的年轻人较多，这里的夜市颇具人气。

摊主们有的拉开卷帘门，有的掀开摊位前的防雨盖布，有的左右腾挪停稳手推车，把食材一一摆上台面。烤饼、烤面筋、烤肠烤肉、砂锅酱肉、杂粮煎饼……不一会儿，美食的味道飘香，穿透行人味蕾。

美食摊前的摊主如果是两人，多是夫妻档，一左一右配合默契。徐朝和周丽丽也是这些夫妻档中的一对，他们都是听障人士，摊位位于惠宁路路口，也是白沙湾夜市最东端。

每天下午不到4点钟，他俩开车带着头天晚上准备好的食材来到摊位前。餐车被卷帘门包裹成一个长4米、宽2米的白色箱体，徐朝打开卷帘门，撑起防雨棚，支起点餐小桌板。周丽丽则把一箱箱的食材搬进餐车。

随着外面“覆盖”被一一打开，餐车逐渐变得五颜六色。餐桌顶上写了几个大字：章鱼小丸子／无骨鸡柳，大字下是半掩的玻璃窗口，摊主在餐车里操作烹制的过程透过玻璃一目了然。玻璃窗下面的点餐小桌板有一行醒目的字样：我们有听力障碍，需要时请指点下菜单，谢谢！点餐板上画了花花绿绿的图案，图示章鱼小丸子不同的口味：辣味、咖喱肉松味、梅子味、番茄味等，菜单里还详细标注了不同分量的价格：小盒四粒7元，中盒六粒10元，大盒八粒13元。

把食材搬进餐车，周丽丽开始着手将它们整理归位，一个塑料盒子里装的是昨晚腌好的鸡柳，每天她从市场上买回几斤鸡胸肉，切成2厘米左右宽的均匀小条。一个铁皮罐子里装的是调制好的面糊，两个整理箱搬上灶台，一个盛放切好的蔬菜碎，一个盛放提前焯过水的鱿鱼小块，这些都是做章鱼小丸子的材料。

比起周遭夜市的热闹，这个摊位前没有你来我往的吆喝声，老顾客来到摊前，知晓他们是听障人士，便指一下点餐单，徐朝蜷起两个手指，比一个“OK”的手势回应，就完成了点单。

新顾客来到摊前，刚说出：“要一份章鱼小丸子……”徐朝便指指自己的耳朵，摇摇手表示听不到，然后再指指点菜单上的“我们有听力障碍……”的提示，客人们会意地点点头，用手指指出自己想要的口味和分量，这时徐朝会目不转睛地盯着客人的手指，生怕点错了单。

徐朝植入过人工耳蜗，有些许微弱的听力，负责与顾客沟通，如果有不明白的地方，他会用极慢的语速、含糊的吐字询问，一个字、一个词再到一句话，重复地说，实在没有听懂的，便用手机打字给对方看。

周丽丽几乎没有听力，只顾闷头忙着自己手上的活计：章鱼烧模具加热，每个孔刷油。把调好的面糊倒入带油嘴的量杯里，逐孔倒入面糊，放入章鱼粒，撒上卷心菜丝，再用面糊填满。待加热后模具下部的面糊已经成型，用竹签稍微挑一下，将丸子整个翻转，同时用竹签把边缘的面糊和菜丝刮入孔中，一个个圆滚滚的丸子就做好了。

这边记下客户所点口味的徐朝，会把周丽丽煎好的小丸装进包装盒，淋上酱汁、撒上海苔碎，或者放上木鱼花。木鱼花很轻，遇到热气后便飘飘摇摇起来。

美食成了徐朝与来来往往食客之间连接的纽带，很多路过的老顾客经常来支持他们的生意，有人会用手语向他们“说”谢谢，有人接过餐盒会鞠躬致谢。这些无声的小温暖像一股细流，每天在喧嚣的夜市里静静流淌。

（二）

转眼到了下午 6 点多，黯色抹去了最后一缕残阳，夜幕就像剧场里的绒幕，慢慢落下来了。下班路过的行人多了起来，夜市上并不宽敞的道路逐渐被挤得水泄不通。

由于与顾客交流不顺畅，徐朝摊前排满等待点餐的长队。每天这个时间点，徐朝的父亲会准时赶到，充当翻译，也给夫妻俩帮厨打下手。

“辣的！辣的！”顾客重复了好多遍，徐朝都没有听清楚，他指指指摊前的点餐板，想让顾客指给他看。由于晚上光线较暗，路上行人嘈杂，顾客并没有领会徐朝的手势，依然着急地喊道“辣的！辣的！”

在餐车后面给鸡柳蘸面包糠的老徐，突然一个箭步转身，凑近儿子耳边喊道：辣的，并把辣椒粉瓶子递给他。徐朝这才点点头，将炸好的鸡柳撒上辣椒粉。人多的时候，徐朝经常反应不过来，辣的、不辣的，给客户的口味做错了，这份小食就作废了，需要重新制作。

老徐60岁了，夜市人声嘈杂，他的听力也不赶趟，他进进出出地忙活着，一会在餐车里给鸡柳蘸面包糠，一会在餐摊前站立，以便听清楚客人想要什么口味，看看客人扫码付款是否支付成功。老徐脸上少有表情，面部肌肉紧绷总是一副很紧张的样子，他要时刻调动嘴巴、耳朵、眼睛、手和腿脚，帮听不见的儿子“堵漏洞”。

有一次老徐病了，没来夜市帮忙，那天又赶上周末，餐摊前挤满了人，最后一算账，一晚上少收了200多块钱。夜市出摊收入不稳定，赶上周末一天收入七八百块，平常日也就收入三四百块，下雨天、下雪天，一分钱收入没有也是正常。

徐朝出生后没几个月被检查出听力障碍，从那时起，老徐脸上的笑容便消失了。他和妻子两边的家族里都没有听力障碍的先例，谁能想到儿子竟没有听力。他带着儿子寻遍全省医院治疗，却没有效果。那时国家还没有免费植人工耳蜗的福利，他花几万块给儿子安装人工耳蜗，每天带儿子从城阳区西后楼社区的家里，坐两个多小时公交车到市内的医院做康复。等到了上学年纪，其他孩子可以就近上学，徐朝则由妈妈带着，每天坐公交车往返崂山区特殊儿童学校上学。

助听器使用年限有限，这些年老徐给徐朝换了七八个助听器，作为普通的农民家庭，老徐一家更是花光了家底积蓄。

几年后，老徐的小儿子出生了，竟然又是听障儿童。诊断书下来时，老徐一夜白头。前些年为了给徐朝治病，亲戚家能借钱的都借遍了，家里已是债台高筑，再没钱给小儿子植入人工耳蜗，他便失去了恢复微弱听力的最佳年龄，如今20多岁的小伙子将永远深陷在无声的世界里。

“只要我能动弹一天，我就得给孩子操心啊。”在老徐心底，藏着对孩子的一份亏欠，亏欠有多深，执念就有多深。他曾经给儿子们定下一条不可更改的家规：只能找个正常听力的姑娘结婚。在他的倔强干预下，几年前徐朝曾经有过一段婚姻，并生下了儿子小杰（化名）。那时徐朝自己开了一家手机电脑维修店，前妻负责在前台与客户沟通。可是好景不长，前妻一家人对徐朝颇有歧视，再加上彼此沟通受限，徐朝很快就离婚了。

直到几年前徐朝遇到了现在的妻子周丽丽，他才算有了一个安定的家。在徐朝看来，周丽丽身上优点数都数不完：徐朝在店里修手机修电脑，她会做好饭，一直等他忙完一起吃。怕徐朝一个人挣钱辛苦，她提出要去夜市出摊，每天晚上10点多从夜市回来，准备食材、给徐朝洗衣服，一直忙到12点多才能休息，早上还要早起做早饭。夜市摊前她戴一副眼镜，圆圆的脸庞总是笑意盈盈，遇到老人不认识字沟通难，她也很有耐心地一遍一遍打着手势解释。

“很能干，是个过日子的好人。”老徐不再坚持他定下的“家规”，他不善言语，却把对儿媳的认可付诸行动：他花了两个多星期的时间，买来铁板、卷帘门、钢架、电焊枪、切割机等材料、工具，一件一件焊接拼装，给小两口手工打造了一辆餐车。天天焊铁板，老徐的脸都被电焊烧伤了，几个月后才逐渐恢复。

与命运做过抗争，如今老徐不再执拗，如果脚下的路注定要伸往他不能接受的方向，那就陪孩子们一起走下去，一家人在一起，苦点，累点，即便经历风雨，总归是整整齐齐的一家人一起去面对。

（三）

下午六点半，在附近工厂打工下班的弟弟、徐朝的母亲接上托管班刚放学的小杰陆续来到夜市摊帮忙。读三年级的小杰一走进餐车，就站在一个角落里熟练地给包装盒套袋子，徐朝的弟弟则接过哥哥手中的夹子，帮忙炸鸡柳，狭小的餐车顿时变得拥挤起来。

以往徐朝的妈妈会带点饺子、包子等简餐，给忙碌的一家人当晚餐，最近她腰疼病犯了，没法下厨做饭，在来的路上只给孙子买了个煎饼馃子充饥。小杰套完一堆餐盒后，就倚在餐台旁边大口啃起来。

转眼到了晚上 8 点多，夜市上的行人渐渐变少，生意也没那么忙了。徐朝摘下身前的围裙，暂时离开了夜市摊。实际上徐朝每天要打三份工，白天他在西后楼社区修电脑、手机，傍晚在夜市摆摊，晚上再跑两三个小时的网约车，忙到十一点多才能回家休息。

刚开始干网约车司机时，要强的徐朝并不想让乘客知道他是听障人士，“只要按照网约车软件规划的路线跑车就行了，涉及的沟通应该很少吧。”他在心里这样嘀咕。

有一次接到单后他来到接客地点，用含糊的吐字打电话给对方：“你好，我是滴滴司机，我已到达你的目的地。”对方却找不到他：“你在哪，我没看到你。”徐朝打开汽车双闪灯，断断续续地重复着：“我开着双闪呢，能不能看到我？”反复沟通了十几分钟，没找到车辆的顾客烦了，开始在电话里大声责备徐朝。徐朝吐字慢且含糊，一时无法争辩，心里又委屈又着急，最后他还是被顾客投诉到客服平台了。

后来徐朝在车上加了电子字幕：“您好乘客，我是听力障碍的师傅，很高兴为您服务，我拥有合法合规双证上路，请您放心乘坐。有什么问题请您说话稍微大点声，因我戴着助听器，能听到，谢谢理解，祝您生活愉快！”看到这个电子字幕后，很多乘客经常表达对他的爱心，有人下车后对他投以微笑，并鼓励道：“听障人士自食其力不容易，小伙子加油！”有人要加他微信，给他转红包，有人要把随身携带的饭团留给没吃晚饭的徐朝。

临近中秋，不管是夜市还是网约车的生意，都到了接单的旺季。一天下来徐朝只觉得腰快断了，腿脚直抽筋。他把车停到路边，闭上眼睛稍作休息，心里盘算着今天挣了多少钱，中秋节可以给亲人们买些什么礼物。

前段时间他刚给儿子小杰买了一辆自行车，儿子已经快长到他的肩膀了，家里那辆儿童自行车坐上去已经伸不开腿了。小杰是爸爸的头号粉丝，他总是称爸爸是“发明家”。空闲的时候徐朝会买来一些零部件，与小杰一起组装无人机。徐朝在线路组装方面还是有些天赋的，修电脑、修手机都是自学的，一部手机、一台电脑，他拆开一遍就能摸清楚线路走向。前几天他刚刚自己动手把家里的电视改装好，线路剪断缠绕上蓝色的、白色的绝缘胶带，再接入机顶盒，三下两下就组装完毕。

爸爸的衬衣旧了，他和媳妇已经合计很长时间了，要给他买件新衬衣，还是媳妇细心，有一次她悄悄地跟徐朝说：“爸爸就一件衬衣，从来没见他换过。”如果不是媳妇提醒，徐朝还真没注意到这点。

妈妈的腰不好，给她买个按摩仪。这也是他和媳妇商量好的。照顾两个听障儿子，妈妈比一般的母亲付出更多，天知道她流了多少眼泪。徐朝还记得自己四五岁的时候，嘴里含着一双筷子在院子里蹦跳，一下子摔倒了，筷子直插进嘴里，捅破了口腔内的软腭，血流不止。妈妈背着他一路小跑去了村里的小医院，护士没法处理，让他们去大医院缝针。那时候村庄附近没有通往市内的公交车，路上也打不到出租车，徐朝疼得一直哭，妈妈也急哭了，抱着幼小的他，站在马路上拦车，终于遇到好心人把他们送到了附近的公交车站。

还有媳妇周丽丽，她是那么容易满足的一个人，今年情人节徐朝刚送给她一束花，她把花放在客厅的花瓶里，每天笑着对它端详半天。那中秋节送她什么呢？徐朝没有想好，其实他有一个更大的目标没有告诉她：要攒钱买一幢别墅，那时候她就不用这样起早贪黑忙活了，一家人也可以幸福地生活在一起。

为了这个目标，不管是修电脑的门店，夜市出摊，还是网约车跑车，徐朝从来没有休息过，他像一个不知疲倦的陀螺奔波在生活里。今年的中秋也不例外，全家人会在夜市摊前忙碌，如果能吃碗热腾腾的饺子，也算是甜蜜的团圆饭了。中秋节不只有赏月吃月饼，只要一家人在一起，就是过节和团圆。

这时，手机震动响起，徐朝从口袋里拿出手机，看到媳妇发来的微信："我们正在收摊，你也早点回家吧。"

此时已是晚上 9 点多，夜市行人渐渐稀少，周围社区里的高楼早已亮起万家灯火。周丽丽把餐车的灶台用抹布擦干净，地板扫过一遍又用拖把擦干净，整理箱规整好，老徐和老伴、小儿子、小杰各自搬几个一起帮她运回家。

在他们身后，夜市的街道又恢复了平静，摊位前的照明灯一盏一盏熄灭，喧嚣声也消失在深秋的夜色里。此刻，徐朝的滴滴车还行驶城市的街道上，路灯明灭照着他的脸，他给周丽丽回复道："快过节了，单还挺多的，我再干一会儿。"

头顶的月亮圆又亮，照着他们的身影隐入尘烟。

我在福利院当妈妈

这是一场特殊的相逢，元旦前夜我走进青岛市儿童福利院，度过了难忘的一天一夜。

（一）

“我们急缺人手，今天晚上你能来上夜班吗？”2022 年 12 月 30 日，腊八，下午 3 点钟，我接到了“紧急集合”的电话。

那几日，青岛市儿童福利院的保育员和孩子陆续发烧，照顾孩子们的人手短缺，“爱心妈妈”征募信息发布后，百余人应援，记者和其他 5 人成了第一批志愿者。

下午 4 点，我们急匆匆赶到，成为第一批“临时妈妈”。这也是我第一次走进儿童福利院。

换好隔离服，推门走进一间“儿童居室”，一缕阳光透过窗户，洒在一张张连排摆放的小床上。床铺干净整洁，白色围栏上探出一个个小脑袋，好奇地张望着。匆匆略过一眼，我便辨别出了几名唐氏儿童——他们有着这个病症特殊的共像。突然，一声孩子的大叫传来，或许是见到有陌生人进屋，他有些烦躁。“一般健康的孩子很快就被领养了，剩下的都是有疾病的。”副院长刘浩介绍道。

保育员马莉莉应声走了过来，她穿着宽大的白色隔离服，外面系了一个黑色的腰封。马莉莉已经发烧两天了,还伴随着剧烈的腰疼,交接工作时倚靠着橱子才能站住脚。同事们都在发烧,她想请假休息,也没人来替班,只能这样坚持着把当天的夜班上完。

市儿童福利院目前住着40多个孩子,一墙之隔的另一间儿童居室占了一半。前一个居室的孩子还可以站起身来,这间屋里的孩子却只能躺在床上,他们多是重症脑瘫,每天视野里出现的是同一个画面:一块印着星星图案的天花板。

照顾他们的保育员有两名:韩振清脖子上为泻火掐的红色印痕分外扎眼,嗓子已经哑得说不出话;秦文高烧接近39℃,走路都迈不开步子。20个孩子里,其中4个只有几个月大,有3个是刚被公安机关打拐找回的被拐儿童,另一个是出生就被遗弃在医院的婴儿。感觉这里比较缺人手,我决定留在这里帮忙。

已经到了孩子们的吃饭时间,我和其他5人马上投入工作。虽然志愿者多数已为人母,觉得理所当然能胜任照顾孩子的工作,但是我们还是低估了这里的工作难度。

首先是给脑瘫孩子喂饭。我拿了一个奶瓶,里面装的是馒头、肉和蔬菜打成的糊糊,保育员的嗓子哑了,也不便问太多问题,忙乱中只能自己找到一张小床就“上手”了。床上的男孩皮肤白皙,淡蓝色的血管清晰可见,眼睫毛卷翘又细长,眼神清澈,以至于我第一眼印象以为他是个女孩子。他的头很大,四肢却是瘦瘦细细的,像极了一棵细长杆的向日葵。拿着奶瓶的我有点手足无措,直到他转过脸来看着我,露出一个甜甜的微笑。得到回应后,我才把奶嘴放进他嘴里,挤了第一口糊糊,他没有吞咽,糊糊像在嘴巴转了一个圈,顺着嘴角又流了出来。

保育员韩振清用余光看见了这个场景,飞快地跑过来,用口水巾接住流出的糊糊,一边做着示范,一边说:“他可难喂了,基本吃一半，洒一半，要一点一点挤。”由于患有脑部疾病，这样的孩子自己没法拿起奶瓶，就连自主吞咽都成问题，每次喂饭需要弯腰半个多小时，等他一口口抿下去。保育员声音温柔地唤他的名字：“宝宝，吃一口，给个面子哈。”奶瓶与他慢慢找到契合的角度，他吞咽的速度才稍微加快了一点，“他吃饭需要找感觉，如果哪天找到感觉了，还能吃得快一点。”

“每个孩子都有自己的习惯，需要慢慢了解，就好像是找到一把钥匙，才能打开这个锁。”韩振清安慰我说。

见吃饭帮不上忙，我来到洗碗间，帮志愿者王玉飞刷奶瓶。她刚给一个小婴儿喂过奶。聊天中我才知道，她是个“90后”的姑娘，还没结婚，却自信地表示：“我是有经验的，作为小姨，给两个外甥都喂过奶。”

洗碗池的上面张贴着刷奶瓶的要领和步骤：比如奶嘴要从瓶盖上取下来清洗，以防缝隙里残存奶渍等。满满一筐奶瓶一个个被清洗干净，放进消毒柜里消毒，王玉飞感慨道：“第一次刷这么多奶瓶！”

（二）

我帮忙的这个儿童居室，有5个孩子都在发高烧。晚上9点钟喂过药后，每隔一小时要给他们量体温，把数据记在“交班记录”上。

值夜班的保育员需要定时照看孩子，没有固定休息的床铺。儿童居室旁的一个活动室里，我们几个志愿者散落在不同的角落，一张吃饭的桌子靠在橱子边，两头加两把椅子，勉强凑出一个与身高相等的“临时床”。一名志愿者躺在地垫上，卷起自己的羽绒服当枕头，旁边留了一个空位，示意我躺下后，她把身上的毯子分了一半给我，我们就这样和衣躺下。志愿者潘瑶索性不打算睡了，坐在一个儿童座椅上，闭目养神。

屋里虽然关了灯，但是走廊灯是声控的，有的孩子会突然大叫，有的会一下下蹬床的围栏，发烧的孩子还会不时发出阵阵啼哭……每有响动，走廊灯就一下子亮堂起来，像圆睁着的眼睛。我们一次次被唤醒，轮次起身，去安抚发出各种声音的孩子们。

晚上12点半，保育员韩振清给发烧的几个孩子量了一遍体温，突然一下子打开了灯，“快到40℃了……”她紧急给护士站值班的护士杨子慧打电话，退烧药的药效是4个小时，快到药效边缘，孩子们的体温一下子蹿了上来。

过了一会儿，杨子慧拿着退烧药赶过来，先把药放在小瓶里摇匀，拿针管抽出来，给孩子们挤到嘴里。然而孩子们却并不配合，几个月大的小婴儿头像拨浪鼓一样左右躲闪着针管，双手双脚乱抓乱蹬，我们一人抱住孩子，一人扶住他的头，几个人边哄边按住手脚，才把药喂进嘴里。

凌晨1点多钟，到了给4个小婴儿喂夜奶的时间。150毫升水里掺进5勺奶粉，按照剂量冲好，给他们一一喂奶，喂奶后拍嗝，一圈工作下来，又是一个小时。刚喝完奶的小婴儿没有马上入睡，放回床上又哭了起来。原因各不相同：有的拉了粑粑尿布不舒服，有的单纯想要被抱抱，有的是发烧难受。等挨个把他们哄睡，已是凌晨3点多。

整个晚上就这样被各种零碎的工作打成碎片。

凌晨4点多，保育员秦文开始给孩子们准备早餐，我们陆续过来帮忙。“我开始还能听到孩子踹床的声音，觉得是噪声，后来那声音变成节奏，听着听着就睡着了。”唯一一个睡着了的志愿者，说着自己入睡一小时的感受。

丰盛的早餐一般要准备一个多小时：一个大盆里先放上热水，放入4袋钙奶饼干待它们充分吸水泡软，用搅拌棒打散成细细的糊糊，倒入一桶半奶粉，搅拌均匀。然后把鸡蛋剥开，取出蛋黄慢慢捣碎，加水和成泥。秦文用一个大舀子舀起糊糊，擎在空中，糊糊从高处落下，拉成细细的流体，刚刚好都流进窄窄的奶瓶口，竟没有一点外溢的残留，“这绝对是个技术活。”我们都感叹道。

凌晨五点半，天光放亮，保育员推着装满糊糊的奶瓶，孩子们开始吃早饭。喂完早饭后，发烧的孩子再量体温，所幸他们陆续退烧，体温都没超过38℃。然后用蘸了温水的毛巾给他们擦脸、擦手、集中换尿布，忙忙碌碌一直持续到7点多。

夜班班次到早上8点就结束了，换班的保育员和志愿者们陆续到岗，交接完工作后，夜班人员就可以下班了。

一夜没睡，我的太阳穴突突直跳。

（三）

夜班后昏睡一天，2023年1月1日，新年第一天，白班。

早上7点多，一进儿童居室，我就看到另两名婴儿也贴上了退热贴——发烧的孩子又多了几人。想到头天晚上他们还是能吃能玩的一副可爱模样，这会儿却没精打采，很是心疼。白班的志愿者稍多一些，除了我和潘瑶是头天晚上值过夜班的，其余6人都是新面孔，分在我所在居室的有3人，一个是护士王若桐、一个是退休的大姐，还有一个月嫂。

房间里的4名婴儿最受志愿者们欢迎。退休大姐抱起唯一一名女婴，给她起了个昵称：罐罐。因为她长得最胖，腿和胳膊像米其林轮胎一样，一圈圈，鼓鼓的，大姐说她壮实得像个煤气罐。王若桐管另一名婴儿叫“小豆豆”，眼缘来自他长得像自己9岁的儿子。

孩子们的床上都贴着名字，是儿童福利院给他们起的，3 名打拐被找回来的都姓“孔”——这是按照百家姓顺序来的，2022 年轮到孔姓。还有一个姓郑，据说是被遗弃在医院时，亲生父母留下的信息。

“小豆豆”正在发烧，平时饭量就少，长得瘦。看到胃口好的“罐罐”咕咕几口就喝完了一整瓶奶，王若桐急坏了，喂奶的时候不断唠叨着：“你看别的小朋友都吃完一瓶了，你也要加油啊，多吃点。”“你发烧了，不舒服了？想妈妈了？”在王若桐的碎碎念中，他破天荒喝完了一整瓶奶。“看，他喝完一瓶了。”王若桐举着空奶瓶，兴奋地向我们喊道。

这时，护士杨子慧举着手机走进来，和 4 名婴儿打着招呼，镜头那边是她的家人，“叫姨姨好，让姥姥看看你又长大了呢……”杨子慧显然把小婴儿当成了家人，值班不能回家，每天通过视频和家人打招呼时，4 名婴儿也被邀请进家庭成员的聊天中。

吃完早饭已是 8 点多，值班医生推着吊瓶来到房间，有几个大孩子最近吃饭不好，需要给他们打点滴，补充葡萄糖和维 C。

这可是个费力气的活。我负责照顾一个孩子打吊瓶，一只手按住他的脚，保护针头，另一只手按住他的腿，不让他乱动。仔细一看，才发现是头天晚上一直踹床的孩子。

“别乱动，要不鼓针了还得挨一下。”我试图跟他讲道理，但他好像和我完全处在两个世界，嘴里含糊不清，像是在说，“别靠近我，我要喝水”，手脚动个不停。过了半小时，吊瓶滴了四分之一，他攒足了力气，突然猛烈地挣扎起来，用手掐我的手背，但是力度不重，不知道是有意手下留情，还是根本没有力气。他的脚面上，针头处随即鼓起一个包。

几个人又一阵忙活，在他的胳膊上重新扎针，但新一轮的挣扎随之又起，他猛地抬起头，咬了保育员秦文的手，一排红色的牙痕顿时出现在她的手背上。秦文皱了一下眉头，并没有松手。我赶紧扶住他的头，以防他再次咬人。

就是这一连串的动作，好像找到了两个世界的沟通密码。他的头发又细又软，干净整齐，我用大拇指轻轻抚摸他的眉毛，他的眼睛慢慢闭上，渐渐地睡着了。

我这才明白来这儿的第一天，保育员说的，“找一个钥匙”的意思。

他们是特殊的孩子，疾病把他们隔离成了一座孤岛，一把难解的锁，你要找到一把钥匙，才能打开他们的世界。

陪这个孩子打完两个吊瓶用了两个多小时，我和秦文一人按他的胳膊，一人按他的脑袋，坐在凳子上，有空聊起天来。秦文是两个孩子的妈妈，还记得刚来这里上班的第一天，给孩子们换尿布时，快吐了。孩子们身体上的缺陷，常伴随消化系统的疾病，大便很稀且有酸臭味。秦文一个夜班接一个白班这样重复，上完夜班回家，还要照顾两个孩子的起居，常常休息不好。

在这里工作会慢慢消耗掉各种节日的仪式感。跨年夜，秦文想看一眼各大卫视的晚会，打开电视，觉得太吵，就关掉了。孩子们想出去看烟花，可是她太累了，不到 9 点就上床睡觉了。

我们陪孩子打吊瓶时，其他人正在忙活别的孩子。志愿者潘瑶在帮一个孩子擦鼻涕。那个孩子有一定的攻击性，时不时会以出其不意的速度打你一下，志愿者摸不透脾气都不敢靠近他。潘瑶慢慢走近，把湿巾藏在身后，以很快的速度伸手，擦掉了他的鼻涕，“要掌握一个时间差。”潘瑶总结说。擦过几次鼻涕后，那个孩子竟然一下子抱住了潘瑶，把头埋进她的身体，紧紧靠着她。

吃过午饭，已是下午1点，白班交接班时间是4点钟，王若桐开始焦虑起来，她盯着墙上的钟表，每过一个小时就开始嘟囔：“倒计时3小时，倒计时2小时……”她对小豆豆的碎碎念更加频繁：“有时间我再来看你好吗？你要好好吃饭，快点好起来……”

潘瑶是一家公司的职员，有个上初中的儿子，正在叛逆期，母子俩说不了几句话就吵架，她来这做志愿者完全是因为母爱无处安放。上完第一天夜班回去后，她跟老公说：“我是带着百分之百的母爱去的，消耗一晚上只剩下50%了。”

两项对比，我们这些志愿者对这里的保育员，不由得心生敬佩。一位保育员大姐说自己干了20多年了，在她眼里，每个孩子都很漂亮、很可爱。

“以前觉得自己朝九晚五工作很麻木，是这里治愈了我，更佩服这些保育员们，每天的工作就是照顾孩子们的吃喝拉撒，还能投入那么大的热情去面对他们，他们都是可敬的人。”潘瑶感慨地说。

春蕾花开

19年前，她是一个母亲早逝、父亲多病、面临辍学，似乎被命运遗弃了的农家女孩，像春寒料峭时一朵急需浇灌的蓓蕾；

19年后，她已为人母、一位光荣的人民教师，当再次触碰到那个改写了自己命运的"计划"时，她从接受者变成了参与者。

她叫胡飞燕，曾经是一名"春蕾女童"。她说，"春蕾"为我点亮一盏烛火荧荧的小橘灯，每当我身处晦暗绝望的沼泽，总能听到一个声音说：走出来，向前走！

这是一个"春蕾女童"胡飞燕自述的成长故事——

（一）

一张薄纸单的抬头印着"青岛市非税收入电子缴款通知单"，小心地把它对折收好，这是我为"春蕾女童"捐出善款的凭证。长舒一口气，压抑在心底多年的愿望得以释怀，就像一条河流潺潺蜿蜒，穿山越岭，终于找到了倾注湍流的入海口。

眼前正是繁花似锦、草长莺飞的日子，又一个儿童节就要到了。17年前的儿童节，我第一次认识了"春蕾"。她是我生活中身陷泥淖时伸出的一双手，被看见、被帮助、被期待；是我人生中划过的一道强光，激起我内心对美好生活的信念、渴望和持续不断的动力。

2005 年，我 13 岁，大概是六一儿童节的前两三天，班主任告知我有一个“春蕾女童”公益活动，需要去市里演讲。那时，我内心是懵懂、迷惑的，那时的我并不知道，这个一直致力于帮助困境中的女孩成长的爱心项目，能在未来十几年的时间里，以一种无形的力量不断改变着我。

快上讲台时。我握着衣角的手攥出了汗，主持人推了我一下，小声嘱咐：“该你了，别紧张。”

站到讲台上，我头脑还在发蒙，说话都带着颤音：“我出生在青岛大村镇的一个山村，妈妈两年前去世了，爸爸身体不好，姐姐在镇上的工厂打工供我读书，我喜欢学习，每次考试都是全级第一名……”

虽然演讲时话说得并不流利，但我还是被选上了“春蕾女童希望之星”。当年，我拿到了一笔帮扶资金——五千元。这是一笔“巨款”，买书、交学费、生活费，解了燃眉之急。“姐姐这个周末不用加班了……”我暗自高兴。

从此，“春蕾女童”成了我身上的一个“符号”。这个“符号”隐形又仿佛总能被看见，它具有召唤爱心的神奇魔力。课堂上情绪低迷了，老师总是第一时间找我谈话，开导我。大学时，学院院长经常找我谈心，指导我以后的职业规划……遇到的好心人那么多，一定是这个“符号”带来的好运气。

一颗石子丢入湖中，涟漪可以扩散得很远，但要找到那颗石子，须得潜入那最初的所在。

17 年后，就在刚刚过去的三八妇女节前，我走进青岛市妇联，满心渴望地能打听出那个帮助过我的捐赠人，要好好感谢一番。“这对于我的人生来说，是很大一件事。”看着工作人员诧异的眼神，我很坚定地解释说。

然而捐赠人并没有留下什么资料,“他(她)也是一个被帮扶过的人”,我只得到这一句信息。

脑海里无数次勾勒出捐赠人的轮廓,今天有关他或是她的答案依然是个谜。

当我为不曾谋面的“春蕾女童”捐出三千元后,又好像突然理解了这种心情:我们只希望这颗爱心传递下去,并不需要接受帮助的她反过来感谢或者表达什么。她在最需要的时刻被看见、被拉了一把,并且走出来,如果幸运的话,在未来的某一天,或许她也有能力和意愿继续帮助更多的女孩走出困境,我的心愿就达成了。

30 多年前,中国儿童少年基金会发起实施对贫困家庭女童的助学公益项目——“春蕾计划”。如今,蓓蕾的笑靥在原野中大片大片不断迎风绽放,就像涌来的春潮。

我希望更多人能够看到“春蕾计划”这个项目的好,但我不希望他们看到我。那单薄的一张捐助凭证,一下子拉近了我和那个轮廓的距离,虽然看不清他或是她的脸,但我很高兴,我也站到了他们的身边,成为众多轮廓中的一员。

而我前进中的动力更多了一条:不能辜负“春蕾”背后那些默默关注着我的人,不能让他们的付出沉入大海。

(二)

那晚,哀乐声刺耳,进进出出的人穿着麻衣,在我的泪水里渐渐重叠成模糊的影子,只觉得难过无比。但真正可怕的是,妈妈这个角色,在我今后人生每个重要阶段的缺席。父亲因母亲的去世倍受打击,多病的身体每况愈下,从此,姐姐挑起了家里的大梁。

1992 年,我出生在青岛西海岸一户普通农民家庭,姐姐比我大 10 岁,父母都在家务农。

在那个村庄里，山是脊梁和肌肤，贯穿的白马河是润泽万物的源泉，一到春天，丝绦拂岸，碧波涟漪，映山红遍，生活在这片怡人的乡土，我真成了一只叽叽喳喳飞舞的燕子。

“这个小嫚儿真皮……”每每看着我在街上疯跑的身影，爸妈总是无奈地摇头。记得上小学一二年级时每次合影，同学们都会跑到我的旁边，我非常自然地就杵在“C 位”上。

然而，童年的欢快戛然而止，10 岁那年，母亲因病去世了，我成了一只再也等不到母燕归巢的雏燕。

记得母亲去世后的那天深夜，姐姐拉着我的手说：“我们要化悲痛为力量。”烛纸香火中，我似懂非懂，看着姐姐肿成桃子一样的泪眼，使劲点了点头。那年，她 20 岁了，比我更能理解死亡的意义。这个瞬间也慢慢定格，成了我今后每次遇到困难时都会浮现的画面。

我上初中那会儿，姐姐每天中午从镇上的厂子里骑车回家给我做午饭，往返需要 1 个多小时，她为了保证我的营养，菜、汤做得很齐全，经常是看到我吃上饭了，自己匆匆扒几口又返回去上班。

“风雨过后总是彩虹”“学习就像一场赛跑，它不会因你而停止，而你要因它而奋斗”……不时地，我会发现课本里姐姐悄悄夹进去的一些励志小纸条，她可能也是从书上看到的。

现在再去看这些字条，大概就是人们常说的鸡汤文，但那时候，这些“鸡汤”真的很管用。因为那时候真的很焦虑，满脑子都在担心：今天能考第几名？我哪一个地方学得不够好啊？

于是我努力读书，别人下课，我看书；别人吃饭，我看书；别人睡觉，我还在看书。

我仿佛是一头饿兽，要吞下更多的书本，仿佛吞下它们，自己就可以像破土的禾苗，幼小的身躯就可以一夜长大。考试成绩最好的时候，我这个年级第一名，比第二名整整拉开90分距离，物理、数学和历史三科都是满分。

“只要学习好，未来我会生活得很好。”我想快点长大，不想成为姐姐的负担。单纯的我只有一个简单的目标，就像手握种子的农民，在田野里不知疲倦地耕种着，只待收获一个并不清晰的未来。

（三）

升入高中后，我遭遇人生的第一次迷茫。一个是周围的同学都很优秀，我不再常驻年级第一的位置，通过考试证明自己的路走不通了。再一个就是，我离生活的现实更近了，整个人被新一轮焦虑填满——

我能不能早点儿工作？能不能早点儿赚钱？学了这么多，到底什么时候才能给这个窘迫的家带来改变？

有一次，已经出嫁的姐姐到学校看我，带来一大包零食，我一下子被刺痛了，要知道她的工资每月只有一千多块钱，那些零食怎么也得花个一百多块钱，加上给我的学费、生活费，自己家用开销也不少，她肯定已所剩无几了。

姐姐见我半天不说话，还以为我有什么想要的东西不好开口，“你不要想太多，只管好好学习，想要买什么书，缺什么东西了，尽管和我说。”

听了她的话，我更觉得内疚，大声吼道：“学习好有什么用，我不想再让你养我了！”说出这话，我哭了，姐姐也哭了，然后我们沉默了好久。

短暂的迷茫过后，或者说是一股压抑的情绪宣泄过后，我继续全力投入学业，高中毕业考入了中国海洋大学教育技术学专业。

大学四年，我是没有寒暑假和周末的。做家教、打工，终于可以通过自己的努力挣到一点钱，基本上解决了自己的生活费，这让我感到满足。

刚毕业头几年，我去了培训行业，“她太拼了。”同事们总是这样评价我。

有同事经常来请教：“燕子，你每次做培训，临场发挥都能讲出那么多东西来，有什么秘诀吗？”

“其实每一场发挥，或许是几年前经历的一件事，或许是看的某本书给我的启发。”这样的回答，肯定不是他们想要的“窍门”，但是世上哪有捷径可以走啊。

每天乘公交、坐地铁上班的路上，都是我的看书时间。抛开拥挤和嘈杂，尽量利用碎片化的时间，享受沉浸在阅读的当下。其实，在工作和生活的空隙挤出的时间满打满算就那么多，我一年最多也就能看二三十本书。

有一次我看网上有人说自己一年看几百本书，你看，这个世上论起“卷”来，哪有极致，你认为的极致，在别人眼里可能是微不足道。

从上学到工作，“很拼”是我身上的一个标签，这其实是源于内心的不安全感，焦虑总是如影相随，不希望自己过无意义的生活。这可能会让人活得比较累，但我没有办法控制这种“自己卷自己”的行为。换个角度说：没有伞的孩子，只有努力奔跑。

（四）

曾经，我有个愿望，如果再有机会，想做个男孩。从小看到男孩可以肆无忌惮地去打篮球、踢足球，总给人感觉比较有力量。很长一段时间里，我觉得女生是被限制了各种自由的一个性别角色。

小时候，我故意去剪短头发，穿裤子不穿裙子，找一种很飒的感觉。如果有人说“你真像个男孩子”，我会开心半天。

成年后，我慢慢意识到身为女性的重要。一个女人如果能够健健康康地成长为一个各方面心态比较完善的人，她可能会影响非常多的人，也是一个能够爆发出来很多力量的角色。

2019年我考入青岛一所高中，成为一名光荣的人民教师，教授通用技术课。课堂上，我会精心设计一些比较有趣的教案，比如像红点设计奖的题目——“今天我们的课程是把沙发和书柜联系起来，你会创作出什么作品？”

耐心等孩子们画出来，我会再拿出一张图，告诉他们这是2019年红点设计奖获奖作品的样子。

“老师，我觉得我设计得更好玩一点儿。”孩子们总是倾心于自己的创意。

孩子们觉得好玩有趣，而我的初衷是用这样的一种授课方式去影响他们，启发他们的想法，希望他们能早一点对未来自己的职业有一点点思考。

进入学校工作，让我更加游刃有余地处理我的生活，也让我可以有能力也有精力做一些帮助别人的事，比如通过微信上推送的“春蕾计划”帮扶项目，会随时顺带手地捐一些，比如午餐补助什么的。

说实话，在媒体前袒露自己的过往和内心，前几年我是有顾虑的。我不愿被打上“被帮助”的标签。因为不是你被帮助了，你的生活就一下子有改变了，而是你通过这个帮助，再加上各种各样的努力，去过上别人可能不需要那么努力就能达到的生活状态。自己在没有到达一个比较平稳的阶段时，一地鸡毛的生活是不愿意分享的。

当生活逐渐步入正轨，如今的我也缓缓舒展开，身上“卷”自己的那股劲儿渐渐褪去。忽然间领悟到，女性也可以有力量，这种力量可能不是速度和力量的比拼，是用坚韧给予需要的人精神以支持，用智慧托起希望。

2021 年，我的孩子出生了，我也升级做了妈妈，突然对人生有了不一样的感悟：一个人，一生下来什么都不会，连吃饭、擤鼻涕这样的小事都要学习，日子跟通关打怪兽一样不断晋级，要经历很多挫折才能慢慢长大。

“这块不错，表盘旁边有蓝色的小钻石，阳光下会闪闪发亮。”柜台前，服务员耐心地向我推荐。

“嗯，我也喜欢这块满是小钻的表盘，看起来像星星。”三八妇女节，我想给姐姐买一块手表做礼物。在我心里，姐姐就是照亮黑夜的星光。

我的第一块手表就是姐姐送的。那时我上大学，别人送她一块手表，她不舍得戴，给了我。她纤细的手腕上是那块戴了近十年的旧手表，表盘磨得痕迹斑斑，还时常罢工。

“如果我是姐姐，在我 20 岁的年纪，家里出现这个变故，我能不能承担这一切，把妹妹养大？”这个问题想想就觉得压抑，我恐怕做不到。但是姐姐做到了。

从小学三年级一直到大学，我的大部分生活费、学费，都是姐姐承担的。尤其是在给我买书上，她向来“大方”，从课内辅导资料到中外名著，有时几本书就会花掉她大半月的工资，但从来没有犹豫过。她是姐姐，更像母亲。

就像最近在看的一本书——《少有人走的路》，作者告诉你人生就是解决一个又一个难题，有人即使在自己的能力范围内，每个阶段都会面对各种问题的刁难。

小时候对自己的家庭状况还是很沮丧的，总忍不住想:“为什么不幸的人总是我？”而在现阶段遇到这本书，对我最大的启示就是——人存在的意义就是去克服一个又一个困难，然后去收获一个新的状态，可能比之前那个自我更加成熟，更有能力去解决任何的事情。

当不再只看见眼前困境的时候，我们就享有拥抱生活的能力和心情了。未来我依然希望继续通过努力，来给更多的女孩以及成年后的女性带来希望和改变。我希望在工作之余能考个心理学的在职研究生，除了给困境中的她们带来经济上的帮助之外，或许在内心上，也能给一些需要的人送去一点点光亮。

刚过“小满”又将“芒种”,“六一”在两个充满希望的节气之间，这个时节气温升高，雨水充沛，“有芒之谷类作物可种”，一颗一颗种子落入了松软的土壤，破土向阳。

是的，没有一片乌云能压得住万物生长，你只需静待花开的声音。

是妈妈，也是大学生

她是青岛滨海学院人力资源管理专业的大二学生，保持着专业第一的优异成绩，不久前还荣获了2022—2023年度国家励志奖学金。而彼时，远在100多公里外的日照莒县招贤镇北黄埠村里，一个虎头虎脑的2岁半男孩正学着奶奶的神态，骄傲地向聚在一堆的大人们说："我妈妈在上大学……"

18岁踏入社会，辗转打工，结婚生子，23岁勇敢迈入大学校门，迥然不同的时空轨迹，为马金华铺陈了一条曲折的求学之路。

（一）

"起床了——"2023年11月30日，距早6点差一刻钟，随着一阵紧促的闹铃声响起，从寝室床上坐起来的马金华提高嗓门喊道。学校每天早6点半组织晨跑，马金华总是第一个起床并叫醒室友。

见室友们没有什么反应，马金华穿好衣服从上铺下来，继续催促道："起床了！起床了！"

"真不愧是个当妈的人……"有室友揉着睡眼嘟囔着。

看看手机日历，现在是大二上学年第十三周，期末考试在第十七周，满打满算还有不到一个月，紧迫感向马金华袭来。晨跑12分钟，早饭尽量控制在15分钟结束，7点左右，马金华背着书包走进教学楼。

顺着走廊穿行，她透过门缝观察着每间教室的情况，希望尽快找到一间人少并安静点的教室。

很快，在一间空旷的教室里坐定，马金华从书包里拿出了《高等数学》，这是她最头疼的功课之一。之前读职校时，英语和数学就是她的弱项。从 18 岁离开学校，到 23 岁重返课堂，学业放下了 5 年时间，想在短期内把基础薄弱的两门课补上困难重重。

“有些数学公式实在理解不了，对我来说像天书一样。”记得密密麻麻的笔记本上，马金华在一个“正弦换正切”的公式旁，标注了一个“背”字。面对数学这个最大的“拦路虎”，除了其他班有数学课时她跟着多听几遍，再理解不了的，就只有靠笨办法——“死记硬背”了。

“但是好记性不如烂笔头。”马金华知道自己的学习天赋并不高，就只能用努力来补拙，“一遍背不过，就多抄几遍，一道比较难理解的数学题，一般要抄十几遍。”也因此，她的草稿纸用得特别快。后来，她想办法解决了学习用品消耗过快的问题——留意收集教室里同学们废弃的本子和笔。

“她有个习惯，捡本儿和笔。”寝室的同学都知道，马金华平时也毫不避讳自己节约的一面，总是最后一个离开教室，默默捡起那些还剩下大半没用就被扔掉的笔记本，自己再利用起来。

临近考试，自习教室里的人渐渐多了起来，进进出出，人声嘈杂，马金华便转战到图书馆里自习。有时早早等在图书馆门口，一开门就迅速跑进去占领空位，一直学到晚上 10 点关门。“好不容易抢到的位子，肯定要多学一会儿，才能发挥出它的作用。”已经习惯了大学生活节奏的她调侃道。

2022 年刚走进大学校园，马金华还有诸多不适应，“学习压力大的时候特别想孩子。”

为了迎战首次期末考试，她连续三周没有回家。“那三周快要崩溃了，学也学不进去，孩子也见不上面，就开始‘怀疑人生’——我这是为了啥？”回想起那段沮丧的时光，马金华语气忧郁，“每天晚上都要找个角落哭一会儿，再回寝室睡觉。”

人在学校，马金华只能压抑对儿子的想念，尽量减少跟家里视频连线的次数，“有时候电话打多了，他晚上会做梦，哭着找妈妈。哭起来很难哄，得折腾半个多小时。”可接通视频电话，儿子又经常是一团“影子”，对屏幕里的妈妈并不太热情，聊不了几句话就跑开了。

实在受不了的马金华做了调整，决定两周回家一次。“两周是极限了，要是两周没看到孩子，我心里肯定受不了。”

马金华也盘算过一周回家一次，但是细算下这一年的路费开支，让她觉得挺心疼。娘家和婆家都是普普通通的农民家庭，公婆在家带孙子，孩子的吃喝拉撒都是老两口承担，“回家一趟坐大巴车要三四个小时，来回一趟车费就要一百多元。”马金华认为自己在外上学非但没有收入补贴家用，还需要不少花销，因此必须精打细算每一笔花费，尽量减少用度。

（二）

两周一次的探亲时间到了。

2023 年 12 月 1 日中午 12 点，当天最后一堂课结束，马金华拖着早收拾好的行李箱急匆匆走出教室，路过食堂只买了两个包子，边啃边赶向校门口。大巴车下午 1 点多出发，100 多公里的路途满载着一个母亲的期待。

回到家，第一个跑过来迎接的必定是儿子莫莫，不满 3 岁的他还不会表达思念，但是会用手臂紧紧环住马金华的脖子。不知道他小小的身体怎么会爆发出如此蛮力，常常勒得马金华喘不上气来。

不一会儿，松开双臂的儿子转而迫不及待地翻起马金华的行李箱，那是他眼中“会变魔法的箱子”。为弥补对儿子的亏欠，每次回家她都会带些小礼物，然而，让儿子充满期待的礼物其实都是些不起眼的小玩意儿，比如班里做活动用剩的气球，室友们吃汉堡炸鸡兑换的玩具，都是特意留给她的。

“太调皮了，跑得太快了，奶奶都追不上他。”儿子平时由婆婆照看，上了年纪的老人腿脚不便，常常追不上跑起来像风一样的孙子，“奶奶出门都是骑着三轮电动车，追上就一把抓住，把他放进车斗里，然后带回家。”

“我妈常说，你婆婆真是太不容易了，你一定要好好孝敬她。”满怀感恩的马金华都记在心上，婆婆身体不好，却任劳任怨，把孙子拉扯得白白胖胖，“小家伙体重超过了 40 斤，壮得像头小牛，比同龄小孩看着都高半头。”

马金华更知道，老人的付出不仅仅在孙子，还有对自己这儿媳妇的支持和维护。

把孩子撂给公婆，自己却经常不在家，马金华也会招来一些不知内情的村里人议论，有一次她刚回村，远远地就听到有人说：莫莫他妈妈不见了……“在农村，女人结了婚主要任务就是在家相夫教子，如果不常在家，就会被误会成‘跑了’或者是离婚了。”

面对流言蜚语，每次婆婆都出面力挺，自豪地告诉村里人：“媳妇上大学去了。”儿子莫莫也跟着有样学样地说：“我妈妈在上大学。”

公公不善言语，但是每次新学年开学前，马金华还没出门，他就嘱咐老伴儿给儿媳妇转学费,"一学年的学费1万多,都是公公给我出的。"

家里两位朴实开明的老人,是马金华读大学最强大的"后援团"。

当然,这个"后援团"里少不了马金华的丈夫。他是个货车司机,今年6月份也去了外地学习,"他在考驾照A证,原来的B证只能开小货车,考取A证后,大货车司机的收入能更高一些。"

"将来想去南方发展,找一份工作,带着公婆、孩子一块搬过去。婆婆的腿不好,南方的气候也适合她休养。"马金华这样规划着未来,现阶段两口子也正在为这个小目标努力打拼着。

(三)

"小时候身在农村,自己不知道未来是什么样子,也没有人帮你规划,每天过得稀里糊涂。"还有一年就要专科毕业,马金华打算继续攻读本科,就像当初打工5年后毅然决定重返校园,她总结为"不想留遗憾"。

初中毕业后,马金华进入职校学习机电专业。2016年第一次参加春季高考前两个月,她因病休学。遗憾错过高考的她,毕业后开始了打工生活,辗转在山西大同、北京等地做化妆师。"有时候凌晨两三点钟起床,赶去新娘家化妆。在日照一处婚纱基地做婚纱摄影跟妆时,每天微信步数都要超过3万步。"

马金华想换个好点的工作,可屡屡被招聘栏里醒目的一条挡在门外——"本科学历以上"。她越来越意识到学历这块敲门砖的重要性。

2020年受新冠疫情影响,已经结婚并且怀孕的马金华无法外出工作,安安静静守在家中的她开始重新思考起自己的未来。那一年，她听说原来一起工作的同事考上了大学，这消息像火苗，一下照亮了她心底的渴望，“我想回到校园继续学习，也是为了给孩子做一个好榜样。”

心动不如行动，马金华从弟弟那里借来高中课本，又从网上找授课视频，“前几个月还有很强烈的妊娠反应，连喝水都要吐。”拖着水肿的腿脚，马金华咬牙坚持自学。

她在客厅里摆了一张老式木头桌子，每天蹲坐在桌边跟着全国中小学云平台的视频课学习，重新拾起语文、历史、地理、生物等课程，光复习笔记后来摞起来就有半米高，“那段时间就一门心思想考上大学。”

2021 年初，儿子莫莫出生了，同时，马金华也收到了临沂职业技术学院的录取通知书。但看着尚在襁褓里的儿子，她犹豫了。这时候，丈夫给了她莫大的鼓励：“不管你做什么决定，我都支持。如果你决定去上学就去上，我不想你将来后悔。”

马金华权衡再三，还是放弃了这次机会。“我并没有把这个看成是为孩子做出的牺牲，我只是觉得孩子太小，他还需要妈妈。我既然这次能考上，下次肯定还能考上。”马金华坦率地说道。

其后一年时间里，马金华一边照顾孩子，一边继续备战高考。她清楚地记得 2022 年接到高考录取通知那天的情景——

“我们一家人正在吃饭呢，我跟婆婆说，今年要是考不上，我就出去找工作，不能总让你们老两口养着我们。”话音刚落，手机上就出现一条信息，通知她成功考取青岛滨海学院人力资源管理专业。

走进校园后，马金华毫不掩饰已经结婚生子的经历，第一次听到她介绍自己的同学，往往把嘴巴张成大大的 O 型，诧异地问：“你是在开玩笑吗？”

“我比班上的同学大五六岁，感觉他们还是小孩子的心态，没有社会阅历，还不知道学习的重要性。”而有过打工经历的马金华总是忍不住现身说法，劝诫同学们不要挥霍时间，比如看室友熬夜追剧，她会说一句“肥皂剧浪费时间”；比如晚上10点会强行关掉室友手机，督促她们早睡早起……唠叨得多了，有室友会嘟囔一句“怎么跟我妈一样”。

对此，马金华有时候会觉得无力反驳，“她们还不能理解，像我这样打过工又回来上学，才知道校园的时光多美好，多值得珍惜。”

对马金华来说，“常常觉得时间不够用，恨不得多看点书。”她的空余时间几乎都泡在图书馆、自习室里度过，同学有时约着出去聚餐吃饭，或者去玩一玩年轻人喜爱的剧本杀，马金华基本不会参加。

“时间和金钱对我来说都很紧张，我没有资格浪费。”马金华每个月的生活费控制在1000块钱之内，除了吃饭、日用品外，她很少有其他花销。

（四）

马金华的努力学校老师们都看在眼里。“大一时的班主任孙振波老师了解我的情况后，主动询问我，有没有什么是学校能为我做的，那时候我的心里就很暖。还有我大二时的班主任申凤霞老师，以及很多任课老师，他们一直都很关心我，帮助我。”

班主任申凤霞9月份刚接手马金华这个班，她记得自己第一次见到马金华，是在火车站迎新生。作为学生干部，马金华负责指引刚出站的新生乘上附近停靠的接驳车。“早晨7点多我到车站时，她已经在那里指引了，一直到下午1点多我离开的时候，她还在站在那里。我虽然不知道她的名字，就觉得她很特别，一般的年轻人在太阳底下站一个小时就喊累了。”

还有一次上晚自习课，申凤霞走进教室，发现教室后面全是垃圾，很生气地问：“谁是卫生委员？”马金华立马站起来，拿着扫帚和拖把就开始打扫起来。“其实她是上一任卫生委员，现在已经换成其他人了。但那时候就能看出来，她是个责任心很强的人。”

通过两件小事，马金华留给申凤霞的印象是：雷厉风行，飒。

但是，毕竟基础薄弱，努力、自律的马金华偶尔也会流露出负面情绪。“有一次我正在开班会，她突然站起请假，说‘老师，我现在特别难过，想出去溜达溜达’。”有着23年教龄的申凤霞没有责怪马金华，把她叫到一旁关心地询问遇到了什么事情，可马金华坚持说：“我就是想出去走走。”

申凤霞理解，人的有些情绪一时不想表达，要尊重年轻人的想法，于是就给马金华批了假。

“老师，我回来了。”下午马金华返校后，第一时间跑到申凤霞的办公室里，还带来几个泡芙点心，“我在路上买的，特意送给您。”看到马金华脸上又露出轻松的表情，申凤霞才松了一口气。又一番交谈后，了解到马金华是因为学业压力大，又想孩子，一时有些情绪。

后来，申凤霞了解到更多马金华的情况，就向学校宣传部门进行推荐。于是，一篇名为《既是妈妈又是专业第一，她是滨海学生马金华》的文章发布在学校微信公众号上，阅读量很快就超过了两万。“学校同学们都转疯了，很多同学告诉我，他们转给自己的父母看，家长们都夸这个学生很励志。”

闻听消息的马金华很开心，告诉申凤霞：“老师，我成名人了。”

在老师们的帮助下，马金华拿到了2022—2023学年的国家励志奖学金。“我们专业学生有 533 人，马金华的综合测评和综合成绩都是第一，所以我觉得她获得这个荣誉当之无愧。”申凤霞认为，国家设立这个奖学金的“励志”两字用得很好，意在贫中选优，激励年轻学子们在人生履历里写入自己的奋斗之路。

拿到 5000 元的国家励志奖学金，马金华第一时间就告诉了婆婆，“我想让家人看到，支持我是值得的。”

微信朋友圈里，马金华的签名是：不知道未来的结果时，就比别人坚持得久一点。

我是儿童主任

2023 年 10 月 27 日，青岛市民政局举办了一场特殊的演讲比赛，登台的 16 名“选手”有着一个共同的身份——儿童主任。

儿童主任是个啥职务？跟“妇女主任”有啥区别？怎么给孩子们当主任呢？据统计，目前全市已有 2080 位儿童主任，他们是“60 后”的慈祥奶奶，是“70 后”的热心叔叔，是“80 后”的暖心妈妈，也是“90 后”的知心姐姐……尽管身份不同，却无一例外地给了辖区孩子们最真诚的温暖和呵护。

今天，我们就来听一听他们的故事——

（一）

2023 年 10 月 28 日周六，下午两点，市北区洛阳路街道郑州路社区居委会的活动大厅里，一场热闹的“儿童读书分享会”正在进行。“儿童主任”侯琳站在长桌前，绘声绘色地读着寓言故事《乌鸦喝水》，一帮孩子们围坐在长桌两侧，目光专注地盯着她。

只有一个小男孩，坐得远远的，注意力有些分散，眼神不时瞟向窗外。侯琳的余光注意到他，轻轻唤了声男孩的名字，笑着说：“长得这么帅，靠近点儿，让我看看你。”

这样的周末，对 1995 年生人的侯琳来说，工作 5 年来已记不清有过多少次。

侯琳 2018 年大学毕业不久便入职郑州路社区成为一名社工，主要负责社会福利工作，其中就包括儿童保护、孤残儿照料、失足青少年教育等事项。为此，她走遍社区的 6 个网格，掌握了 500 多名未成年人的情况，发现这个不小的群体中，包含 3 名事实无人抚养儿童、9 名困境儿童。她将这些特殊家庭的孩子默默在心里做了重点“标记”，一有空就去这些孩子的家里“串门儿”。

10 岁的小安是社区的一名事实无人抚养儿童，他的爸爸妈妈是服刑在押人员，只有 80 岁的奶奶相依为命。在缺乏父母关爱和奶奶的过度保护下，本就内向孤僻的小安正提早进入叛逆期，常常一句话不和就发脾气，把家里的好多东西都砸了。更为严重的是，小安沉迷于网络游戏，甚至嚷着要辍学。

一天，侯琳自费给小安买了个新书包，送到家里时发现小安的奶奶正在抹眼泪，“这孩子我是没法管了。”年迈的老人握着侯琳的手直叹气。

怎么与孩子沟通交流呢？侯琳邀请小安每天来社区活动中心，由专业心理师为他做心理疏导，引导他玩沙盘游戏。可是，面对侯琳的小安总是显得很紧张，偶尔抬起的目光里也装满了闪躲和怯懦。

侯琳想了个办法，每次小安上沙盘课时，她就写一张小纸条卷起来，装作不经意地放在沙盘旁边。

这是只有他们两个人知道的秘密，比如看到天气冷了，小安还穿着短袖，她就写:“今天心情怎么样？要多穿衣服哦！”有时则会没话找话地写:“今天吃的什么饭啊？”

两个星期里，侯琳一共写了 14 张小纸条。

两周后，侯琳在摆放沙盘玩具的架子上，意外地收到了小安的回应字条——“你真像我的妈妈。”

一瞬间，侯琳紧紧捏住了那张字条，那是从皱皱巴巴餐巾纸上撕下来的一角。她太激动了，这意味着，小安的心门终于对自己打开了。

侯琳趁热打铁，又邀请小安加入了放学后的托管班，为他辅导作业。在社区爱心妈妈们和志愿者的照顾下，小安和社区的孩子一起参加书法、钢琴兴趣班等青少年活动，日子一天天过去，欢快的笑容又挂在了他的脸上。

“他的变化是显而易见的。”疫情防控期间，侯琳在参与核酸检测服务时，恰巧看到了这样一幕场景：小安在排队，他前面站着一位老奶奶，一手拄着拐杖，一手提着刚买的菜。轮到老人上前做核酸时，小安对老人说：“奶奶，我先帮您提着东西吧。”说着就接过东西，等在老人身后，小身板站得绷直，像是在完成一项重要任务。

如今小安的奶奶见到侯琳，总是激动地细数着小安的转变：学习成绩提高了，和同学关系处得好，已经考过了钢琴三级……

（二）

2016 年 6 月，国务院下发《关于加强困境儿童保障工作的意见》，“儿童主任”模式被写入国家政策。2019 年 5 月，民政部等 10 部门发布的《关于进一步健全农村留守儿童和困境儿童关爱服务体系的意见》中，出现了“儿童主任”一职。儿童主任由村（居）民委员会委员或者专业社会工作者等担任，优先安排村（居）民委员会女性委员担任。

儿童主任的主要工作职责也被明确为：开展信息排查和更新、家庭走访、监护指导、工作报告、政策链接、儿童关爱保护服务场所管理等，强化家庭监护主体责任，预防宣传、及时发现并解决农村留守儿童关爱保护、困境儿童和散居孤儿保障中的重点难点问题。

“儿童主任”这个头衔，一度让侯琳觉得压力如山。“我父母听了后都‘嘲笑’我，‘你自己还是个孩子，能帮助别人的孩子？’”侯琳说。

没成为儿童主任之前，侯琳认为自己并不是个善于和孩子交往的人。为干好工作，她上网查资料，买来书籍学习，“后来我发现，理论研究得再好，也不如你有一颗真心，有一颗和孩子们做朋友的心就好了。”

“和孩子们说话，不能用高高在上、讲大道理的口气，他们会露出不屑的表情。”孩子们在社区上活动课，或者托管班的时候，侯琳会走动着观察每个孩子的表情，“他们的高兴和不高兴都写在脸上。”

如果发现有人的情绪比较低落，侯琳会拖个凳子，坐在他身边，胳膊肘碰碰他，问道：“咋的了？有谁欺负你了？”这种朋友式的开场白，会开启孩子们的吐槽模式，真心话便流露出来。

有一次，一个孩子告诉侯琳，他准备在考试时交白卷，一道题也不做，“即使我考了99分，妈妈都会怪我：为啥不考100分？”因为妈妈对他要求太严格了，他决定要给妈妈点“颜色”看看。

侯琳突然想到自己也有这样叛逆的经历，就给他讲了自己小时候的“糗事”：上高中时，自己也把地理卷子交了白卷，“结果开家长会时，都没人来给我开家长会，觉得太丢人了，我求了一圈亲戚，最后是我姐夫来开的家长会。”

孩子瞪大眼睛说：“是真的吗？你也交白卷了？”

“当然是真的。”侯琳见他能把故事听进去了，继续说道，“我现在就很后悔，当时没有好好学习，没考上我理想中的大学，给你看看我理想中的大学，老气派了。”

侯琳随手拿出手机里的照片给他看，那个孩子看了以后说：“我也喜欢这样的大学。”

侯琳接着鼓励他:“对嘛,我就说咱俩眼光一样嘛。所以你现在要好好学习,能考上这样的大学才行啊。”

一次“真心话大冒险”,便把那个孩子要交白卷的逆反“小火苗”给熄灭了。

与孩子们相处久了,侯琳混在他们中间,会留意他们说什么梗,玩什么玩具。听说他们都喜欢“咕卡”,侯琳还从网上买来咕卡套装,自己学着做,贴上好看的粘贴,送给孩子们当奖励的礼物。孩子们收到后非常惊奇:“你也玩这个啊?!”瞬间便拉近了年龄的距离。

(三)

比侯琳小一岁的王瑶,担任李沧区湘潭路街道湘东社区的儿童主任不过两年时间,她更喜欢孩子们叫她“瑶瑶姐姐”。

“感觉我还是个新手‘宝宝’。”王瑶俏皮地开着玩笑。

有着“社牛”性格的王瑶,用网络流行词形容就是“e人”,自来熟,能跟周遭的人很快打成一片。这也成为她2018年从山东青年政治学院毕业后,选择回青加入社区工作的原因之一。

2019年,湘东社区成立,她成了年轻的社区党委副书记。

2021年6月,《国务院未成年人保护工作领导小组关于加强未成年人保护工作的意见》出台,明确要求每个村(社区)至少设立一名儿童主任。至此,儿童主任开始在全国层面推行,儿童主任工作进入国家体制中,“将未成年人保护工作扎进泥土”。

也是在这一年,王瑶挑起了湘东社区儿童主任的担子。按她的理解,“儿童主任应该是家庭和学校之外离孩子最近的人,要发现并为困境儿童提供保障。”

湘东社区虽然是一个纯城市社区,但居民来自五湖四海,未成年人有1000多人。面对社区里数量不多又不愿意公开的“弱势群体”，王瑶有自己的一套方法——“和普通孩子一样，不能单独、区别对待，让他们产生特殊感，要让他们自然地融入集体。”

走进湘东社区党群服务中心，一进门右手边，有一个布置漂亮的业务角，摆放着鲜花、钩织作品、孩子们的绘画，还有他们精心养护的植物，吊顶上则挂着一个个福袋——这是社区工作人员和孩子们一起打造的“儿童之家”的温馨一角。这类似于共同装饰家园的活动，在社区党群服务中心还有很多。

社区党群服务中心内近千平方米的活动区域，是每天下午最热闹的地方，孩子们放学后聚集在这里，提供学习、阅读、娱乐的“儿童之家”成了孩子们的“家”，也是王瑶和孩子们每天相约陪伴的地方。孩子们有高兴和不高兴的事，都愿意跟她这个不折不扣的“孩子王”分享。

孩子对喜欢的朋友，最常见的表达方式莫过于分享零食、小礼物。王瑶总是在孩子们到来后，被他们一股脑围住，有好吃的都要分她两口。在同事拍下的视频里，她就像个大孩子，跟一群小孩子一起毫无违和感地吃着零食。

“你说丢人不？为了保护未成年人，我极少拍和孩子们在一起的工作照片。谁知唯一一段和孩子们在一起的视频，竟然是‘抢’孩子们零食吃。”王瑶爽朗大笑起来。

王瑶在儿童之家设置了积分制，孩子们平时参加社区志愿服务，都可以获得积分。比如，打扫一次社区卫生，可以记3分，积满6分就可以兑换一束鲜花。结果，孩子们都积极努力地赚积分，然后兑换成鲜花送给王瑶，女孩子会说“祝瑶瑶姐姐永远年轻美丽”，调皮的男孩子则祝“瑶瑶姐姐长生不老”。

陪伴孩子们的过程中，王瑶了解到很多孩子都想去户外玩玩，但父母却忙于工作无法满足这个小小心愿。于是，六一儿童节时，她和同事们发起了“与海为邻，保护我们的大海”“与山为邻，守护我们的梅园”等系列户外拓展活动，相约海边和梅园，开启了一场面向山海的自由之旅。

没有家长跟随，王瑶和同事们带着30多个孩子徒步漫游，“很累，但是看到孩子们像一只只快乐的小鸟，顿时就觉得值了。”王瑶希望，在带着孩子们用脚步丈量这座城市的同时，也能用爱和陪伴为孩子们插上一双翱翔的翅膀，飞向更广阔的天地。

在当好“大姐姐”的同时，王瑶一直跟孩子们倡导“别人爱护我，我也要帮助更多的人”的理念。

社区的星星市集上，有23个摊位专属于一群孩子——他们每人一个小小的摊位，叫卖着自己的绘本、玩具、零食，能从下午3点半吆喝到晚上8点。

孩子们如此卖力地吆喝，都是为了完成同一个心愿：帮助社区的一名事实无人抚养小伙伴。

“我们街道辖区有个女孩小七，已经5岁了，爸爸妈妈都是重度智力残疾，70多岁的爷爷奶奶照顾着他们一家三口。”在一次上门走访中，王瑶了解到，由于小七体质弱，经常需要去医院做雾化治疗，来回奔波让年迈的老人感到越来越力不从心。他们想买一台家用雾化器，却因价格望而却步。

于是，王瑶发起了一次微心愿的爱心认领，带着孩子们一起，把义卖的爱心善款汇集起来，购买了一台家用儿童医疗雾化器，送到了小七的家里。

（四）

光靠跟孩子们打成一片，显然是不够的。随着工作的深入，侯琳和王瑶都逐渐发现，孩子的需求正呈现出多元化的特点，“这远远不是一个社区儿童主任能以一己之力完成的。”

湘东社区有一名困境儿童，父母离异，他跟着母亲一起生活。王瑶在定期上门走访中了解到，因为家庭变故，孩子成绩严重下滑。

怎么为不同情况的困境儿童“托底”？王瑶想到了借助外力，将社会资源和困境儿童精准对接。她与社区共建单位的优秀老师积极对接，对方得知这一情况后，非常热心，利用业余时间为这个孩子补习落下的功课。

侯琳也不断在尝试着整合更多的资源来“伸长”工作手臂。她联系辖区单位、社会慈善资源和志愿者团队，招募了 20 名爱心妈妈与专业心理师，为孩子们开展心理课堂、厨余堆肥等 300 场特色活动。

2022 年，洛阳路街道社工站发起“五社联动 爱心基金”活动，多家爱心单位汇入 11 万元，开展了 7 个社区微创投项目，结合未成年人保护工作站和儿童服务阵地建设，聚焦青少年心理特点，侯琳成为“童心同行”青少年心理援助和“困境筑爱”两个微创投项目的专员。

“这么多爱心人士出力、出资金支持，他们都是隐形的‘儿童主任’，关爱孩子们的社会公益队伍正在壮大。”侯琳说。

最新统计，青岛市共有 191 万名未成年人。作为家庭和学校之外离孩子最近的人，儿童主任是将未成年人保护工作扎进泥土的关键角色，也是儿童保护“最后一公里”的守护人。

目前，青岛市已有儿童主任 2080 人。

他们中，有刚刚毕业的大学生，尽管年纪不大，却尝试着温暖地引导着孩子，让叛逆的孩子找回家的温暖；有救死扶伤的乡村医生，在孩子的父母双双去世后，用母亲般的温暖轻轻叩开紧闭的心扉；有兢兢业业的妇女主任，一次又一次地奔走在山村小巷，让厌学弃学的孩子重拾生活的动力，一纸中考录取通知书让一切付出都有了意义……他们是“60后”慈祥奶奶，是“70后”热心叔叔，是“80后”暖心妈妈，也是“90后”知心姐姐。尽管年龄不同，却都给予了孩子们最真诚的温暖和呵护。

但我们也注意到，目前儿童主任们大都是兼职，平日承担村（社区）事务较多，工作繁忙，精力有限。同时存在着业务能力参差不齐、关爱服务的专业水平不高等突出问题，离专业化服务要求尚有很大差距。

为了解决这些问题，民政部门一直在不断探索如何为儿童主任赋能。10月27日，青岛市民政局在李沧区公共服务中心举办全市儿童主任演讲比赛。经过前期各区（市）民政局选拔，本次共有16名儿童主任进入比赛。她们从不同角度诠释了对“儿童主任”这一职业的理解和践行，讲述了她们服务辖区困境未成年人的思路与具体做法。

“我们希望通过这种活动，充分调动全市儿童主任工作的积极性，让儿童主任进一步明确工作职责。”青岛市民政局儿童福利处处长季芳介绍，市民政局每年采取多种形式组织儿童主任培训，培训率确保100%。同时，编写并普发《青岛市儿童主任工作手册》，明确工作职责，提高儿童主任入户走访、调查核实、精准甄别、救助帮扶能力。今后，还将逐步建立儿童主任激励制度，进一步激发儿童主任工作内生动力，鼓励他们全力做好辖区内儿童的关爱保护工作。

无声的援助

生活在无声的世界里，不知来自何处亲人在何方，漂泊青岛打零工为生的他突然遭遇车祸，医院病床上的身份被标注为“无名氏”……谁能来帮帮他？

车祸发生后的近 20 天里，从交警部门多方协调，到医院医护人员悉心照料，再到救助站的妥善安置，众多爱心人士对他伸出援手；358 名大学生，在短短一天内捐款 3544 元，为他点燃了星星烛火，火光照亮黑暗，有个声音坚定地告诉他：“你没有亲人，我们做你的朋友。”

一场爱心接力汇聚成无形的力量，让这个在生死线上走过一遭的聋哑汉子重新振作起来。如今，他有一个心愿：找到家人，做一个有“身份”的人。

（一）

病房墙上挂着的一块白板上，清楚地标注着“23 床无名氏”，同时，每天的输液量、口服药剂量、排尿量、大便次数、体温等，都记录得清清楚楚……

2023 年 11 月 18 日下午，刚上完手语课的王建民匆匆赶往位于岛城西部老城区的一家三甲医院，推开急诊重症监护室的大门，拐进一间病房，见到了病床上躺着的一个病人“无名氏”，也是一名听障人士。

彼时,“无名氏”的面前摆着一张小饭桌,桌子上放着两个菜,西红柿炒蛋和炒豆角,还有一碗小米粥和一个馒头。正在吃饭的他看见王建民走进来,眼睛一下子就亮了,放下筷子,随即用手语同王建民比画着交流起来。

“住得习不习惯?”王建民问。

“住得很好,医院给我安排了单间病房。”他比画道。

王建民又关心地询问平时怎么吃饭,他回应:每天有医护人员来送,早饭 7 点左右,中饭 11 点左右,晚饭是四点半。“很好吃。”指着自己面前的饭菜,“无名氏”比画道。

两人正交流着,一名护士进入病房,给王富强面前的杯子里添了热水。

是什么原因让这个聋哑人住进了重症监护室?为什么他的个人信息被标注为“无名氏”?说起这一切的开始,还得把时间拨回大约 20 天之前——

“请问是王老师吗?有一个聋哑人出车祸在医院,可以请您帮我们沟通一下吗?”11 月 1 日那天,王建民突然接到了市南交警部门请求协助的电话。作为手语老师,又是常年服务听障人士的公益人,王建民二话没说就答应下来。

晚上 7 点多,市南交警把王建民接到了医院。

在王建民到达医院前,交警和医护人员正围着眼前的“无名氏”发愁——没有个人身份信息证明,无法沟通交流,怎么展开手术救治?

“我认识他多年了,他不但是聋哑人,还没有身份证、没有能联系的亲人,年纪应该是 40 岁出头。大家只知道一个名字,都叫他王富强,平时就打些零工养活自己。”走进急诊室的王建民一眼便认出了躺在病床上的“无名氏”,心里不由得咯噔一下。

王建民从交警那里得知,原来,头一天晚上,王富强和工友在回家的路上遭遇车祸,因为坐在摩托车后座,王富强被甩出后导致受伤骨折。随后,他被市南交警送到医院急诊,但因为是聋哑人,不管是交警还是医护人员,都与他本人沟通不了。经多方打听后,市南交警部门找到王建民来帮忙。

当时,王富强脸色苍白,因为腿部骨折,疼得不能动弹,只能用点头和摇头回应王建民的问题。

王建民问:“疼吗?”他点点头。王建民又说,“我把手术风险通知单的内容‘读’给你听。”他又点了点头。

花了五六分钟的时间,王建民把手术风险通知单的内容一条条和王富强解释清楚。随后,王富强在落款处,用很慢的笔速,歪歪扭扭地签下了自己的名字。

“应该是没上过几年学,基本是文盲,他会写的字并不多。”王建民叹息道。

消除了交流的障碍,在众人的救助下,王富强顺利接受了手术,并转入 ICU 病房治疗。

时间一晃,半个多月过去,再次来到病房,王建民看着眼前的王富强,问道:“伤恢复得怎么样了?”又指了指墙角放着的轮椅和拐杖,“大学生们给你捐款买的,等你去了救助站就可以慢慢恢复走路了。”

王富强表示伤处已经不疼了,紧接着高兴地比画道:“谢谢大家!”

环顾四周,王建民脸上露出了欣慰的笑,他是替王富强高兴,原本一直担心这个聋哑人没有亲人陪在身边,一个人住院会有很多不便,现在发现,这些担心都是多余的,医护人员把王富强照顾得很周到。

（二）

2023年11月4日下午，窗外下着小雨，在仙游路社区办事处的一间教室里，王建民正在给大学生上公益手语课。

2007年，王建民创办了“青岛手语角”，致力于手语的推广和普及，主要包括两方面：一是对学生群体开展免费手语教学，让更多的人学会手语去帮助听障人士；二是为听障人士开办公益知识讲座，对实际困难进行帮扶，主要包括手语咨询、法律咨询、生活帮困服务、手语导医等。经过发展，原先的手语角已经升级为如今的“同在蓝天下——手语课堂”，主要面向青岛地区的大学生群体进行免费手语教学，目前已与中国海洋大学、中国石油大学（华东）、青岛大学等十余所驻青高校建立了常态化联系。从事公益手语教育这些年来，王建民前后开设免费手语培训800余课时，培训学生近万人，累计举办听障人公益宣讲数千场，帮扶困难听障朋友上万人。

站在教室前方的王建民竖起拇指比画道：“这是一个‘好’。”紧接着，他又将双手的拇指竖起并在一起——“这就是‘朋友’。”

说到这里，或许是眼前又浮现出了病床上王富强的样子，王建民有感而发地说：“前几天，一位聋哑人，他没有朋友也没有亲人，出车祸住院了……”

坐在下面的大学生志愿者们听王建民说到这里一顿，不禁七嘴八舌地抢着问：“王老师，怎么回事？”“王老师，我们能帮他做点什么吗？”……

没想到大家都这样热心，于是，王建民把王富强无依无靠又遭遇车祸的情况讲了出来。

“我们可以给他捐款吗？多点少点都是心意。”有同学提出这样的想法后，迅速得到了大家的支持。

“大家都是学生，捐款数额量力而为，几块钱都行，我们给他凑够买湿巾和尿不湿的钱就可以了。”王建民愿意成全大家的心愿，想着能给王富强解决急用也是好的。他跟医护人员了解过，因为王富强手术后不能自理，全靠医护人员料理日常生活，目前最急需的就是尿不湿。

教室里60多个人迅速行动起来，大家找来一个空箱子，纸币投进箱子，也可以进行微信转账，有人专门在一旁汇总记录，捐款数一点点累加起来……没想到，这样一场临时起意的捐款活动只是一个开始。当天参加手语课堂的各学校手语志愿者，回校后又继续发动身边同学，展开更广泛的捐款活动。

段萌琦是山东外贸职业学校应用法语系的大二学生，也是学校心言手语社团的团长。她在学校手语群里发布消息：“同学们，有一个听障人士在一场车祸中受伤很厉害，由于他没有身份，联系不上亲人，最重要的一点是他还不能自理，全靠医护人员的爱心帮助，每天耗费大量的湿巾和尿不湿，现在对我们手语群的同学们发出呼吁，希望同学们献出一点爱心，进行募捐……金额不限，几元钱就好，最重要的是一份爱心……”

这条消息发出后，群里的接龙消息一条接一条地弹出来，5元、10元、20元……社团里每个人都积极参与，大家都想奉献一份爱心。

“我们社团52个人一共捐了522元。”段萌琦说，不到一天时间，大家的捐款就汇总齐了，虽然金额不多，但是他们想通过这种方式鼓励王富强：“既然你没有亲人，那就让我们做你的朋友。”

“刚开始，只认为是课堂上小小的一场捐款活动，没想到后来影响面这么大。”王建民得知大家都在各自的学校里发起募捐活动后，觉得应该做一些明细统计，于是，青岛大学的刘凤仪和中国海洋大学的卢梦迪，负责了整个募捐的统计工作。

“名单核对了整整两天，写了四张纸。”刘凤仪很认真地将人名和捐款数额都誊抄在纸上，还有人通过二维码转账的捐款，则统计在电脑表格里。

“一共6所高校和一所职校的358名同学参与了此次募捐活动，捐款总额达到3544元。”卢梦迪汇总的7所学校分别是中国海洋大学、青岛大学、青岛科技大学、青岛理工大学、山东外贸职业学院、青岛恒星科技学院和青岛旅游学校。

看到最后募捐的金额，王建民大吃一惊，“没想到这么多大学生能参与进来，金额远远超过了买尿不湿的钱数。”

王建民又跟医院了解得知，王富强出院后最需要的应该是拐杖和轮椅，于是和大家商量后，用捐款的钱再添置上这两件辅助器材。

随后的几天里，王建民组织大家分头买拐杖、订轮椅、采购尿不湿，一共支出1000元。

11月10日，王建民和几名学生代表一起来到医院看望王富强。大家手捧鲜花，送去了采购的拐杖、轮椅和20包尿不湿，并将采购物资后剩余的捐款2544元都交给了王富强。

“太激动了，我第一次收到鲜花。”王富强高兴坏了，用手语跟王建民交流，向大家再三表达感谢。

（三）

社会各界对王富强的爱心帮助还在继续。

11月16日，王建民得到一个好消息：青岛救助站的工作人员来到医院，要安置王富强今后的康复生活。王建民作为手语翻译，现场见证了这一幕。

救助站的工作人员通过王建民询问王富强："你现在有什么要求吗？"

王富强回答："我非常想要一个身份证。"

说起王富强这几年在青岛的漂泊生活，王建民可谓十分了解。"他不知道从哪里来，没有身份证，住宿、找工作越来越不便利。有时候在饭店做帮厨，有时候在工地打零工……在哪干活就住在哪里。"

虽然生活坎坷，但在王建民眼里，王富强是一个自立的聋哑人，"他还是想通过自己的劳动找工作挣钱养活自己，所以他一直渴望有个身份证。"

对此，青岛救助站社会工作人员也向王建民介绍了现阶段的解决办法："王富强出院后暂时没有地方住，目前户籍信息也不明确，可以按照'三无人员'，临时安置在救助站。救助站会先跟公安部门协作，通过人脸比对或者其他方式，看看能不能为他寻找到亲人，并落实他的户籍信息。"

"太好了！有了你们的力量，他离找到家人、得到一个身份的目标就近了。"十几年前，王建民曾经为王富强找过家人，"那时候是在中国聋人网上发布的信息，后来便石沉大海了。"由于当时技术还不发达，王富强的信息并没有查询匹配到他的亲人。

"王富强本人也说不清楚自己的具体信息，这可能与他暂时的失忆有关，不能准确地描述出自己有关'身份'的记忆。"王建民回忆，"有一次他模糊地表达过，可能来自贵州。"

"能够在救助站休养，这对于整日'漂泊'的王富强来说是好事。"王富强有了落脚地，王建民悬着的心也放了下来。回想起这短短几天的救助，他被象牙塔里的年轻人深深感动："其实，这次捐助活动并不是个案，大学生们的爱心还体现在他们平时的助人活动里。”

比如中国海洋大学化学专业大二学生卢梦迪，她和同学们每周末都去一位80岁的独居聋哑老人家里，用手语课堂上学到的手语，陪老人聊天。最初是老人的儿子求助王建民老师，自己的父亲独自一人在家，寻求手语志愿者能去陪他聊聊天。“王建民老师告诉我们后，我们很乐意地接受了这一‘任务’。”

卢梦迪和手语社团的同学们每周末都到老人家，老人高兴地为他们表演打乒乓球，并自豪地介绍：他年轻时就喜欢打乒乓球，20世纪80年代获得过山东省聋哑人乒乓球比赛亚军。

“我们问他早上吃什么，几点起床，老人说自己每天四五点钟就起床。我们惊得大叫一声，说‘您的作息可以去考研了’。老人看明白后，被我们逗得哈哈大笑。”卢梦迪说，和老人之间的交流其实并不顺畅，但是大家用写字的方式辅助，一样聊得很开心。

在卢梦迪眼里，老人手很巧，“他告诉我们自己以前干过木匠、铁匠，还干过锁匠，此外家里很多家具，比如座椅、茶几、沙发等木质家具都是他自己做的。”在卢梦迪展示的照片里，老人被年轻人围着聊天时，正开心地大笑着。

据不完全统计，我国听障人士有数千万人，仅在青岛市具有二级及以上听力障碍残疾证的听障人士就有约两万人，他们中有很多人存在沟通障碍问题，但在日常生活中有多少人能用手语跟他们交流？哪怕是普通人习以为常的一句问候，又有多少人能通过手语，向听障朋友表达一句“你好”？

我们每个人的力量都很微小，每个人都平凡地做着一些不起眼的小事。就是这些凡人微光，如同夜空的繁星，汇聚成浩瀚星河，成了光的眼睛。

推轮椅的妈妈

故事的本质，都是人如何与某种力量抗争，可以是内在的自己，可以是外在的他者，也可以是抽象的命运。这是一个母女俩与命运抗争的故事。16年的求学路，妈妈刘淑玲用轮椅一路推着女儿蔡东晓从小学走进大学，轮椅下的辙印里，镌刻着妈妈越来越伛偻的身影；轮椅上的天空中，展开的是女儿越来越宽大的翅膀。

刘淑玲感叹：没想到自己会这么坚强，那些以为过不去的坎儿，竟然都一一闯过了。无论面对多大的打击、面临多大的难关，“兵来将挡，水来土掩”就好了。每个人都有自己的不容易，一路推着女儿的她说：生活，向前看，别回头！

（一）

“五一”假期刚结束，2023年5月4日，一场绵绵细雨再次给大地注入了蓬勃的生机，树木高耸着新绿的枝条，树下青草如茵，如果踩上去，一定会随着脚步发出沙沙又绵绵的声响吧——23岁的蔡东晓坐在床上，用手机将这窗外的画面定格。

妈妈刘淑玲无暇陪蔡东晓欣赏这窗外即景，一早8点多便匆匆出门，绕着自家小区，在平度市苏州路、何家楼一带转悠起来，如果哪家小超市、小饭馆门口的玻璃上贴着“招聘”两个字，她便进门仔细询问：工作时间几点到几点？休息日怎么定？薪水如何？

能找到一份在家门口的工作是最佳选择，因为女儿上厕所、吃饭……都离不开刘淑玲的照顾，了解到超市或餐馆中午不能休息，怕耽误女儿吃饭，她果断放弃了。

刘淑玲来到一家家政公司打听，坐在门头房一角的老板滚动鼠标，翻看着电脑记录：有主雇要求干全天，中午、晚上都管饭。这是很多人抢着干的单，刘淑玲却摇头表示不合适。

有个干半天的活儿，雇主要求早上七点半之前到，中午做完饭后便可离开。刘淑玲快速盘算着，“7点出门，一直到忙完中午饭，回到家起码要下午一两点多了，这中间六七个小时”，闺女能不能坚持……她还是犹豫了。

正准备再找找看，刘淑玲接到了女儿蔡东晓的“求救”短信——“妈，我想上厕所。”她扭头就往家赶。

推开家门时已接近上午11点，顾不上抖落伞上的雨水，刘淑玲一把抱起床上的女儿。

这套廉租房总共不超过50平方米，从卧室穿过客厅到洗手间，这中间也就五六米，刘淑玲大口喘着气，一只手环绕着蔡东晓的后背，一只手托着她的双腿。不知是哪只手使不上劲儿，怀里的身体不停地下坠，蔡东晓的上衣都被撸了起来，露出半截后背。

蔡东晓体重45公斤，刘淑玲体重65公斤。以前，刘淑玲可以用很多方法搬动女儿，比如让女儿坐在床边，她背对着蹲下来，等女儿趴到背上她再起身；再比如，让女儿像小书包一样双手环着她的脖子，双脚搭在她腰间，她用双手托住女儿的身体。如今，这两种姿势她都无法做到了。

2022年年底经历一场病之后，50岁的刘淑玲明显感觉到自己的力气像一下子被抽空了，胳膊转半圈后便像锈住一样，没法自然归位，膝盖也使不上劲儿，要用双手撑着才能勉强蹲起。

身体的衰老好像是一夜间发生的事情，这让刘淑玲找工作的心情更加急迫了。“五一”假期前，她还曾带着女儿远赴大连，参加了一场直播带货的培训。

4 月 23 日，刘淑玲和女儿蔡东晓第一次乘飞机去外地。

机场大厅里，刘淑玲先在柜台办理了女儿轮椅的托运手续和无障碍服务，然后用机场提供的轮椅推着女儿，在工作人员引领下通过安检，登机时再换上适应狭窄机舱通道的客舱轮椅……

随着飞机的轰鸣爬升，第一次乘飞机的蔡东晓盯着飞机舷窗好奇地张望，忍不住引经据典地感叹道：“上下天光，一碧万顷！”

刘淑玲舒心地笑了，为女儿倒腾轮椅的劳累一下子烟消云散。从飞机的同一个舷窗俯瞰大地，道路纵横弯曲没有尽头，这一刻，刘淑玲看到的是——“你以为那些过不去的坎儿，不知不觉间都一一迈过来了。”

（二）

那些曾让刘淑玲过不去坎，都深印在记忆里——

蔡东晓出生后 6 个月大的时候，夫妻俩察觉这个孩子有点不寻常：不会翻身，也不会爬，到后来学走路还经常摔倒。他们去了好多家医院，带女儿做了一系列检查，直到在北京就医时确诊：女儿患的是一种具有临床异质性的罕见病，叫 SMA（脊髓型肌萎缩症）。

专家口中那些专业陌生的词语，夫妻俩压根儿不懂，只记得沉甸甸的一句话：“随着年纪长大，身体越长越高，腿部肌肉的力气撑不住身体，她最终将不能走路。”

那是 2003 年，蔡东晓刚满 3 岁，穿着一副连接脚和小腿的矫正器。刘淑玲牵着她的手，从北京的医院出来，一路跌跌撞撞，走到一座高大的立交桥上，那些弯弯绕绕的路在脚下汇合后，又各自延伸向远方。

桥下车流如织，让刘淑玲一阵眩晕，是女儿的一声“妈妈”，片刻间将她唤醒。

此后，两口子分工，刘淑玲从工厂辞职，在家专心照顾孩子，丈夫则承担起挣钱养家的责任。丈夫常安慰她说：“走一步看一步吧，医学慢慢发达了，说不定哪天就有药可以治了。”

打听到离家四五公里地有位老中医推拿很有名，刘淑玲便带着女儿每天去做复健，上下午各一次，每次半小时，路上却要耗费一个多小时。为了锻炼蔡东晓的腿部肌肉，母女俩都是一路步行前往。

刘淑玲一边走一边指着路边的广告牌教女儿认字，两年多，风雨无阻。遇到雨雪天，刘淑玲便骑自行车带着女儿，滑倒了摔一身泥，爬起来继续向前。“坚持下去，女儿就能战胜病魔，日子也会好起来。”这成了刘淑玲的执念。

然而厄运又一次降临。

2006 年的一天半夜，下夜班的丈夫不幸遭遇车祸，等刘淑玲赶到医院时，已是阴阳两隔。那一年，蔡东晓 6 岁。

“有五六年的时间，任何人不能提起他这个人，一提起来，我的眼泪就像断了线一样。”刘淑玲无法形容那是怎样一段至暗时刻，“失去一个亲人，不是你失去那一瞬间的事儿，而是往后慢慢地遇到事儿了，你就会想：哎，假如两个人的时候会怎么样……”

“爸爸没了的消息还是别人告诉孩子的。她知道一提起爸爸我就会哭，所以女儿从来不在我面前说起爸爸。”蔡东晓上小学二年级的一天早上，正吃着早饭，突然哇哇大哭起来，原来她夜里梦到爸爸了，“她把想爸爸的心思压在心里，憋得太难受了。”

那个瞬间，让刘淑玲认识到，“生活再难，自己必须支棱起来，咬着牙冲就是了，老天爷让我活着，那我就扛着吧。”

但女儿康复的希望，还是被击碎了。蔡东晓10岁那年不慎摔倒，双腿完全无法行走，“当时摔得很严重，因为血液循环不好，两个腿脚都肿胀了，一动就会很疼”。刘淑玲眼睁睁看着女儿一下子从正常人的活动范围中抽离，“圈禁”到一张床或一张窄板凳上，轮椅成了她再也离不开的工具。

为了照顾正上小学的蔡东晓，刘淑玲找了一份能在家里做的手工活，“抽空赶紧做，早中晚就能接孩子”。而懂事的蔡东晓为了不让妈妈担心，她早餐从不喝粥，白天几乎不喝水，中午回家后才由妈妈背去卫生间，“赶上干燥的天气，她的嘴唇都会起泡。”

转眼熬到女儿上初中，刘淑玲换了一份物业公司的保洁工作。一天工作6小时，从未耽误每天早中晚接送蔡东晓，也从未让蔡东晓上学迟到，一直持续到她高考结束。

身体虽然被禁锢在轮椅上，但女儿用最大的努力给了刘淑玲足以娇傲的欣慰。从小成绩优异的蔡东晓，中考时以普通班第一名的成绩考入平度九中，先后获得“自强自立好少年”、平度市“希望之星”、青岛市“春蕾之星”等荣誉，2019年更以理科592分考入青岛大学，拿下应用心理学专业的省内最好成绩……

（三）

2019年8月2日，一个母女俩苦尽甘来的日子。

当天上午10点，青岛大学副校长刘彩云亲自登门，将青岛大学发出的第一张新生录取通知书送到了蔡东晓的手中。“一起带来的还有书记、校长为东晓精心准备的《时间简史》等四本书。”看着青大老师的良苦用心，懂事的东晓不停地向老师们致谢，让一旁的刘淑玲渐渐红了眼圈儿。

更大地惊喜还在后面。2019年9月5日，一辆从青岛市区赶来平度的专车，一早停到了蔡东晓家门前，是青岛大学师范学院的老师和学长们专程来接母女俩去学校报到。

青岛大学开辟绿色通道，不仅减免了蔡东晓大学四年的学费和住宿费，还给母女俩提供了免费单间宿舍，给刘淑玲在校内安排了临时就业岗位。

"'轮椅女孩'带着妈妈上大学"——相关内容先后成为各家媒体的重磅报道。

"刚入校那天，场面太壮观了。"刘淑玲还记得第一次走进青大宿舍的情景，"学校想得太周到了。冰箱、风扇、热水器、坐式马桶……就连进宿舍的台阶都换成了适合推轮椅的坡道。"

宿舍里显然经过一番精心布置，进门就能看到"热烈欢迎蔡东晓同学"的横幅，一面墙上贴着五颜六色的气球以及写满美好寄语的便利贴。"一生温暖纯良，不舍爱与自由。"其中一张上这样写道，刘淑玲和蔡东晓对此记忆犹新。

刘淑玲在学校里做保洁，每个月都有固定工资，加上空闲时收集废品卖掉，每月还能多攒下几百块钱，母女俩的生活开支有了稳定的保障。

在班里，蔡东晓简直就是"焦点"，男同学自发组成了帮扶小队，每天轮流值班，一早就等在宿舍门口接蔡东晓，帮忙搬运轮椅，推着她到教室上课。大学的课表安排一般是非常分散的，各门课并不一定在同一楼层、同一间教室上课，学校考虑到蔡东晓的实际情况，将她所有要上的课程全部调整到了一楼，相应的一楼卫生间也都做了无障碍改造。

大一刚接触心理专业的相关知识时，蔡东晓在上课时有很多不理解的地方，注意到她的迷茫，“老师们不断激励她努力学习专业知识，鼓励她积极参加校内校外活动”。

“从大一到现在，我觉得她变化最大的是对待生活、学习的态度，性格也更加开朗了。”这几年里，刘淑玲看着蔡东晓从刚入学时的迷茫彷徨，到现在的自信阳光，被爱包围的女儿性格越来越开朗，担任了班级的心理委员，“她还参加了校园心理倾听活动，每天抽出一两个小时，为有烦恼的同学提供心理健康疏导和帮助。”

“在青岛大学度过的四年时间，是我们母女俩过得最美好的时光，太多感动的细节让人难忘了。”刘淑玲不禁感叹，“正是有了校院领导的关心和关怀以及老师、同学们的帮助，东晓才能有了今天的改变。”

“即使我们面对再大的挫折，也要勇敢成为自己的光。”2021年12月23日，蔡东晓成为一名光荣的中共预备党员。

一转眼，蔡东晓大学毕业了，刘淑玲也走过了16年的陪读时光。

2022年考研失利后，蔡东晓今年准备“二战”，她跟妈妈说过自己未来的规划：读研后，继续读博。

虽然一个人照顾女儿饮食起居，还要赚钱养家，刘淑玲经常感到力不从心，但对女儿的求学意愿她坚决支持，经常给女儿打气：“你现在是上学的年纪，就得使劲儿学，等到了妈妈这个年纪，就算给我钱，让我去上学，我也学不进去啊，太多的琐事干扰了。”

（四）

最近，刘淑玲因一时找不到合适的工作有些烦躁。虽然一周前参加了直播带货培训，但她觉得那不是适合自己的创业路子。

“先要从拍视频开始，培养一定的粉丝群体，然后直播间里才会有人气。”新媒体平台上那些繁复的流程操作，刘淑玲捣鼓不明白，如何拍出吸引人气的视频，她完全没有概念。

虽然没有说很多宽慰的话，但女儿蔡东晓最近开始有意识地浏览一些网站，网站上有很多“轮椅党”小姐姐会发一些视频，分享一些生活的自理技巧，“比如怎么自己上厕所，先是用轮椅，挪到马桶旁边，借助一些辅助东西，比如一块板子，然后自己慢慢地去平移。”

蔡东晓还记得上高中时的一件窘事。高考前的一天中午，午休后妈妈先下楼去储藏室推出电动车，准备送她上学，但是刚睡起来迷糊着，就把家门钥匙落在了屋里。

平常刘淑玲会招呼一声“起床啦，我下去推车了”，蔡东晓便等着妈妈抱她下楼。但那天妈妈离开很长时间都没有回来，蔡东晓想打个电话问问，但手机在学习桌上。

“我在床上够不到，就把被子先扔在地上，自己再滑下去，拖着被子一起往前挪。拿到电话打给妈妈，才知道她被锁在外面了。最后我爬到门前，伸手打开了门。”蔡东晓还记得打开门的瞬间，看到妈妈急得都快哭了，她笑着安慰说：“虽然我不太灵便，但我胳膊长啊。”

蔡东晓上高中时很喜欢化学，那时她的目标是大学药学专业，想去研发药品，希望解除疾病对自己的折磨。后来了解到药学专业需要经常做实验，而她肢体力量不足，只能放弃。“后来选择了应用心理学，反而误打误撞更适合自己。心理学更加实用，是助人助己的一个专业。”

这两天，遇到刘淑玲发脾气的时候，蔡东晓都会拿着心理学的课本假装在读课文，实则是有意念一些话给妈妈听：“有些事情，十年之后再回过头来看，根本就不算什么事儿……”她会边念边用余光观察妈妈有没有“阴转晴”。

“别讲那些大道理，咱俩位置不一样，我这个当妈的不得操心柴米油盐啊。”刘淑玲并不理会女儿，穿上外套就出门买菜去了，“那件红色外套穿了快十年了”。

临出门前，刘淑玲还是回过头来，跟女儿说了句软话：“行吧，向前看吧，你安心学习吧。”

蔡东晓最近开了一个微信公众号——“生活是彩虹色的”，发了几篇随笔，那是她倾诉的“树洞”。奋战考研的日子里她写道：“你总是天不亮就到达教室，打开昨晚就已准备好的放在课桌上的书本，手中习惯性地握了一支和你一样可爱的笔。”得知考研失败后，她写道：“我走得很慢，但我从不后退。”

刘淑玲常说，虽然有很多好心人会给我们捐助和帮助，但是人需要种子，而非果实。蔡东晓在心里藏着一个听起来有点好笑的愿望，希望自己能早点自立，工作挣钱，让妈妈可以像别人的妈妈一样，去跳广场舞。

妈妈出门后，她在电脑上敲下一行标题——“向前看，别回头”，这也是母女俩经常相互打气的一句口头语。

黄渤海的对歌

盐碱地摇身一变成了“聚宝盆”，这是万千建设者脚踩大地踏出的胜利之歌，而我的姨夫便是从黄海飘来渤海的一枚音符。

（一）

若干年前，黄河多次注入黄海，浑浊的泥沙将近岸海水由蓝色染成黄色。这是“黄海”名字的由来。

我的姨夫从小生活在黄海之滨的青岛，他喜欢一个猛子扎进海水里，像一条矫健活脱的鱼，游向太阳升起的地方，眨眼便不见了踪影。

1965 年的一天，身穿白 T 恤的姨夫像一叶船帆，风儿一吹，他便远航了，从黄海驶向渤海。传说那遥远的两海交界的地方，船经过时，都会轻轻颠簸一下。

带他跨过黄渤海的那道风儿是一张红榜。那张熨帖地铺在墙面上的红榜，在一个清晨映红了他的脸。

发榜那日，他和三五同学猫着腰钻过人群的缝隙，好不容易凑身到红榜跟前，身体像没停稳的船，被人群的海浪挤得左右摇摆。排列整齐的黑色字体像跳跃的音符，一旦与眼睛相遇，便能点燃眸子里的烁烁之光。

他的名字，是被身边的同学发现的，那个同学狠狠拍了一下他的肩膀，继而抱着他的胳膊猛烈晃动起来，嗓门一路攀高，不断重复着：你考上了！你考上了！那喊声像海浪一样一起一伏，冲击着姨夫的耳膜，让他感到一阵幸福的眩晕。

那一年姨夫初中刚毕业，是一个17岁的翩翩少年，他考上的是一所半工半读的中专技校，隶属一个叫“九二三厂”的保密单位，毕业后可以定向进入该单位工作。那个年代，考上技校就可以领到工资，是无比荣光的事。这所技校在青岛招生500人，姨夫就是其中之一。

姨夫只知道这个单位与“石油”有关，那时，一首铿锵有力的《我为祖国献石油》传遍大江南北，召唤着有志青年投身这条新征程。

其实，“九二三厂”与一个日期有关。1962年9月23日，在东营构造上打的营2井，获日产555吨的高产油流，“九二三厂”由此而来。

这段关于石油的历史说来话长。

20世纪50年代，新中国刚成立不久，国内石油产品严重短缺。国外专家普遍认为，中国没有新时代沉积，是一个贫油国。但老一辈地质学家踏遍青山荒漠，寻遍森林沼泽，认为中国辽阔的大地石油资源是丰富的，并提出有待进一步论证的陆相生油说。

那时，“东营”还是山东省广饶县辛店公社的一个村庄的名字，中国地图和山东省地图上都找不到它，但为祖国寻找石油的人们找到了它。

1961年4月16日，位于今东营市东营村的华八井喜获日产8.1吨工业油流。一股褐色油柱从井管内突然喷涌而出，划破长空……被誉为“黑金”的石油沉睡亿兆年，一醒惊天下。时间在这一刻重新加速，历史在这一刻被浓重墨彩地重新描述。从此，中国地图上开始有了胜利油田的方位和坐标，同时也拉开了中国渤海湾地区勘探开发的序幕。

同年，几万名来自五湖四海的石油人从祖国的四面八方齐聚渤海平原，万马奔腾黄河口，浩浩荡荡扎营在荒原上，拉开了一场惊天动地的石油大会战。

1965 年 1 月 25 日，位于胜利村构造的坨 11 井试油放喷，日产原油 1134 吨，这是全国第一口千吨井，胜利油田由此得名。

姨夫是在 1965 年 8 月的一天来到胜利油田的。学生大军先是坐着绿皮火车来到辛店车站，一辆辆解放卡车早已等候在车站，并接走了他们。坐在露天的车斗里颠簸着，姨夫只觉得脑壳被晃得像散了黄的鸡蛋。

头顶的天空一片墨兰，轻缀其中的几簇星星熠熠闪亮。悬在中天的弦月潜进了辨不出形状的一抹暗云。橘黄的车灯直直探向前方，被撕开的夜色在身后又四下围合起来。

秋风乍起，车轮扬起的尘土从细小的沙粒变成粗大的砾石，姨夫的脸颊也感受到了这种变化——从略有知觉地擦过，到像鞭子一样抽在脸上，阵阵生疼。

（二）

初到这片荒原，姨夫眼里只看见两种颜色，一种是黑色，那是石油和暗夜；一种是白色，那是盐碱地和芦苇花。

黄河从这里入渤海，像一条摆尾的巨兽，留下一片狼藉的滩涂。姨夫内心先是生起了阵阵恐惧，努力恢复平静后，又被一种难以言说的无助和感伤湮没。

学校还没有建成，教室刚刚搭好框架，同学们也参与到校舍的建设中。芦苇、泥巴和成的土坯砖，这种垒房子的方式叫“干打垒”，建造的房屋墙壁厚，冬暖夏凉。几个人一组抬土到地基里，一点一点把地面填平。

一间学生宿舍住十几个人，铁质的上下铺随一个翻身的动作吱扭作响。水管里流出来的水浑浊且苦涩，难以下咽，这些都让同学们想家的思绪一点点累加。一到晚上，经常有几个同学拉伙跑到大野地，抱头一顿大哭。

荒野的夜，是最难捱的。黑夜像一张无边的织网，宿舍窗户里的灯光微弱渺小，仿佛被风一吹，它便飘摇着没了踪影。

那时油田刚开始勘探，走十里八里见不到一个人。姨夫常常一个人坐在荒野上，黄昏时分，目睹又红又大的太阳孤单而又辉煌地向下落。那一刻，他感觉到了一种巨大的能量充盈天地间，且像漫天的水汽一样正在升腾。在荒野中，一个人与黄沙、旋风是一体的，与日月星辰也是一体的。

后来，为了不让想家的情绪蔓延，同学们约定：不准掉眼泪。于是晚上大家便凑在一起唱歌，唱《我为祖国献石油》，大声朗读诗人艾青写给石油人的诗，“最荒凉的地方／却有最大的能量／最深的地层／喷涌最宝贵的溶液／最沉默的战士／有最坚强的心……”

年轻人们想不出比这更好的主意了。——空旷的荒野里，不管白昼还是黑夜，用歌声来驱散恐惧和孤独。

一个夜晚，姨夫抬头仰起了脸，他看到了斑斓的夜空，月亮正向一片云彩缓缓地飘去，转头时他看了一下倚靠在墙边的几个同学，他们也在抱臂仰头看着天空，黑夜影响了看向彼此的侧目余光，没想到他们的动作竟是出奇得一致。

他们安静地看着月亮在幽深的空中飘浮，接近云彩时，那块黑暗的边缘闪闪发亮了，月亮便一下子滑进入了云彩。

当月亮钻出云彩时，他们的脸一下子明亮起来，像是投射在幕布上的剪影，随着嘴巴一张一合地歌唱，头也微微摇动，眼睛在黑暗里闪着灼灼的光。

这歌声像一把利剑，飞向遥远的天空，劈开漆黑无边的黯夜。在孤寂空旷的荒野里，在那个月光时隐时现的夜晚，歌声给予彼此长久的温暖和陪伴。

（三）

当姨夫每日和荒原万物呼吸着同样的空气，他的身体如一根被描摹的线条，变得越来越长，变得强壮。那些伤感的情绪逐渐暗淡下去，他舍不得拔掉任何一株枯草，舍不得清除任何一粒雪霰，他和万物一起天生天长。

其实油田的待遇还是不错的。食堂一顿饭四五个菜，馒头敞开吃，在那个年代已经很知足了。

冬天发的工装也很有特点。为了固定填充棉花，常在棉衣外面压一道道衍缝，一件棉衣压了48条缝，这样的工作服被称作“48道杠”，是石油工人身份的标志。每年回青岛休假时，技校的同学们穿着“48道杠”在栈桥一起逛逛，就是一条风景线，过往行人都要投来羡慕的目光。

最开心的事当数去基地的邮局寄钱。上技校时每月发15元工资，成为正式员工每月涨到37元。姨夫总是攒够七八十块钱，便一同寄回家。家里有七个兄弟姐妹，全靠在医药公司工作的父亲一人支撑。能补贴家用，这让姨夫觉得远离家乡的生活，也有了奔头。

技校离油田基地有五六公里远，那时候没有交通，也没有自行车，甚至没有道路，工程车、油罐车常走过的地方便是路。站在路边，一招手，路过的车便停了。司机师傅一般都是年长之人，见到路边站着学生模样的年轻人，总是很热情，不待对方招手也会主动停下来，问道：要去哪里？用不用搭车？

基地离海更近一些，姨夫听同事讲起：黄河入海时，河水与海水的交汇处，黄色和澄蓝色的水相融，一些水沉入底层，另一些水浮起，它们起初有不同的皮肤和不同的温度，保持着自己的完整和独立性，最后相遇，浩浩荡荡相携而去。

1965 年冬天，姨夫也遇到了他携手一生的伴侣——我的二姨。

作为支疆青年，二姨相差半年后也来到油田技校。更加巧合的是，两人还是小学同学，后都被分配到了采油一队。

那一天，阳光明媚，姨夫从人群里一眼便看到了我的二姨。她身材高挑，两条麻花辫飘荡在纤纤腰间，像玲珑翘卷的凌霄花藤蔓。一双眼睛像剪水的燕子，秋波流转。二姨天生一副好嗓子，站在人群里唱《南泥湾》时整个人更是像在发光，“再不是旧模样，是陕北的好江南，啊——”她将尾音咏叹唱得极为婉转，像一只百灵鸟直冲云霄。

两人恋爱结婚后，成了油田双职工。每天 2 小时一次巡井，检查井压力、生产情况，回到值班室记录下来。

作为荒滩上唯一活动着的人群，油田人在生产石油之外，还要承担防汛、粮食生产等工作。那时黄河经常泛滥，汛期时油田工人便爬上堤坝去值班，看到水涨到一定水位，就赶紧去叫人，扛沙袋垒土，阻挡险情。

有一年夏天，姨夫参与防汛，在黄泥水里浸泡了一夜，回家后便发起了高烧，三天不吃不喝，意识都有点迷糊。这可急坏了二姨，她日夜守在床前，喂药、擦身、量体温。姨夫病好后，二姨却因为急火攻心，落下了耳鸣病。

油田还成立了农副业处、家属工作处，专门组织职工家属改造盐碱地，种植水稻。农忙季节，职工们都会轮流到农业点帮家属们插秧。由于盐碱地比较硬，秧苗总插不好，全漂浮在水面上。后来大伙儿想了一个办法，每次插秧时，都会事先准备好一根小木棍儿。先将木棍在田里插一个眼，然后再把秧苗插进去按紧。这个法子当时还被当成经验传播开来，临出发前同事们都会互相问一句：带好小木棍了吗？

后来随着盐碱地技术改良，配备了插秧设备，慢慢地职工们也用去农业点帮忙了。再后来油田专门成立了农工商总公司，形成了工、商、农、林、牧、副、渔等多种经济发展的格局，极大支持了油田的开发建设。

1972 年，姨夫被调入油田电影队工作，每周都要到油田各小队驻地去放露天电影。那时候看电影是唯一的娱乐项目，一听说有电影队要来，同事们早早就用马扎子在广场上占据一席之地。每个石油小队都有自己的家伙什，竖杆子，把幕布扯上，电影队只管带来机器和影片。放映的片子有国内电影《地道战》《地雷战》等，还有一些样板戏，国外电影有《瓦尔特保卫萨拉热窝》《桥》等。

各石油小队为了犒劳电影队，还会在电影结束后，为他们精心准备夜班饭，端出一碗热气腾腾的红烧肉。

（四）

1973 年，姨夫调入胜利油田工会做宣传工作，这让他有机会深入一线，记录下更多油田人的生活，他拍摄的照片也经常发表在油田内刊《胜利报》上。

他曾经把镜头对准一群孩子，拍下最温馨的一张照片。画面里两个看起来八九岁模样的小姑娘在空地上练武术，她俩穿着红色对襟上衣，黄色百褶裙，马尾用红绸子高高扎起。一个小姑娘从背后高高翘起一条腿，另一个小姑娘扶着她的胳膊和脚，帮她保持平衡。后面站着一排男孩、女孩，有舞剑的、舞棍的，纷纷操练起来。他们身后的背景是被称为"磕头虫"的抽油机井场。1978年，胜利油田采油指挥部小武术队成立，孩子们放学后一边练武，一边等父母下班。油田基本都是双职工，井场边长大的油田二代为冷冰冰的机器增添了无限活力和生机的氛围。

1982年又一口高产油井被开发，姨夫扛着相机和三脚架早早等在井口旁，他将喷涌而出的油气置于画面前端，远处的高坡上则站满了围观的人群。这种透视的角度特别壮观，拍这张照片时，井口那个最佳拍摄点，围了七八个记者，相机也挤在一起。

姨夫还拍过一组战井喷的照片，这组照片只有一个色调：泥浆色。抢修的人群也被喷成泥浆色，光看照片都觉得惊心动魄。

所谓井喷，就是井底压力太高，把地层的油自动喷到地面上来。高者一二十米，犹如碗粗。空气里弥漫着浓烈的天然气，哪怕一丁点火星都会酿成一片火海。每次碰到喷出这样的油，施工中工人们都格外小心，生怕冒出火星。

1983年4月29日，永69-1井在施工作业时发生强烈井喷，这是胜利油田历史上罕见的强烈井喷。半天时间，百余个大气压的油气流裹着泥沙，咆哮着从地下直蹿空中。井筒内连接在一起的抽油杆像离弦的箭一样直刺天空，随后又盘旋着落在地面。重达14吨的抽油机被整个吞入地下，不见踪影。由于井下套管破裂，井口周围塌陷，形成了一个直径十几米的大坑，坑内泥浪翻滚，气流肆虐，五六里外都能听到它的咆哮声，看见冲天的黄色气柱。

当听说指挥部抢喷领导小组要组织一支抢喷突击队时，所有的作业工人都像冲锋陷阵的战士一样抢着报名。首批抢喷突击队队员，由党员干部和有着丰富抢喷经验的技术工人组成。

现场气浪滚滚，声响很大，趴在耳边说话也很难听清楚，现场讲方案、下指令基本都是通过一块小黑板。抢喷领导小组连续实施了两套方案，都没有压井成功。大家毫不气馁，又研究制定了第三套方案。在吊车的配合下，他们奋力将大型高压闸门推向井口。装上大闸门后，大家迎着凶猛的气浪，穿上螺栓，上紧螺帽。就这样，经过多次舍生忘死的较量，凶猛的“气老虎”终于被制服了。这次抢喷历时 68 天，无一人伤亡。

相机定格的画面还有 1986 年 3 月的孤东会战，一万余名职工和民工投入战斗，大干一百天，没有星期天。电气大队员工足蹬脚扣子，背靠安全带，一天在杆上作业近十个小时，为节约时间，就用安全帽把饭提上来，在电线杆顶上“吃空中餐”。那是激情燃烧的年代，工人们轻伤不下火线，只要能走得动，一定要去上班。

2009 年之后二姨和姨夫退休，花甲之年的老两口回到黄海之滨青岛生活，那段奋斗于渤海之滨、承载着岁月芳华的记忆暂时封存。

（五）

今年初秋，我随作协采风团来到了黄河入海口的山东东营市，见到了姨夫故事里的热土。

这里已经没有一点荒滩的影子，我的眼眸被绿色充盈。被候鸟和草木围拢的抽油机，它们依然重复着自己“磕头虫”的动作。

行车时，我们路过一片盐碱地作物种植基地，大片的向日葵扬起黄澄澄的脸庞。一位作家拍下一张照片发在朋友圈里，起名叫

“奔跑的向日葵”，因为行车的视觉差，那些被拍得模糊的向日葵像在奔跑。后来陆续见一些作家在朋友圈里发出自己的即兴诗作，多少都有提到这“奔跑向日葵”的场景。原来我们都爱这向阳而生的花，它生长得如此热烈。

昔日盐碱滩，今日米粮川。如今得益于黄河上游的治理，黄河已不再随意摆尾，它带来甘霖和丰厚的养料，广袤的黄河三角洲孕育出黄河口大米、黄河口大闸蟹等众多独一无二的黄河口农品。其中黄河口大米还成为国家地理标志农产品，是一张凝聚着地域特色的城市绿色名片。

随着水稻种植业的发展，以田为画板、稻为笔的稻田画架起了链接创意农业与休闲旅游的新桥梁。每年 8 月份开始，广袤稻田里占地约 260 亩的巨幅稻田画进入最佳观赏期。稻田画题材每年不同，我们眼前的稻田勾勒的是“乡村振兴 农业强国”“耕农田 耕心田”两幅富有寓意的主题图案，颇有一番田园诗歌的意蕴。

早在五六月份，农人们便用芦苇秆定点，将黄、白、紫、绿、黑、红六种颜色的水稻秧苗插入田中，勾绘成平面图。到了八九月，各种颜色的稻子长成，便呈现出震撼人心的视觉效果。

观赏稻田画的最佳角度是登上 30 多米高的观景台俯瞰。我们一层层拾级而上，迫不及待拿出手机相机，记录眼前的大美风景。空旷的田野里清香满溢，稻田阡陌交错，彩色水稻相映成趣。风吹稻浪，宛若画卷微动，目之所及一派波澜壮阔的田园风光，令人惊叹。

如今稻田画已成为网红打卡地，是旅游富民重要项目之一，全年接待游客几十万人，成功创建为国家 3A 级旅游景区。

稻香时节我们还狠狠过了一把大闸蟹瘾，李白有诗曾形容其味之鲜美——“蟹螯即金液”。喝着微咸的黄河水，吃着鲜美水草、小鱼虾长大的大闸蟹，颜值自是不凡——青背、白肚、黄毛、金爪。轻轻一声脆响掰开蟹壳，只见膏满黄肥，入口更是唇齿留香。

与稻田毗邻，东营黄河口大闸蟹标准化养殖面积有 8 万多亩。凌晨天不亮，养殖基地的渔民们便乘船来到黄河口养殖基地，拉出预先放置好的地笼，一个个挥舞着螯钳、鲜活生猛的大蟹子，便被捕捞了上来。

早在四五月份投放蟹苗之时，外地客商便纷纷赶来，预订下这肥美大闸蟹的收购买卖。如今，大闸蟹南有“阳澄湖”，北有“黄河口”成为口碑，“黄河口大闸蟹”的“金字招牌”越来越亮。

秋天，是一首动人的天籁曲。孕育了无限“丰景”的黄河入海口，俨然成为候鸟乐园。在黄河三角洲国家级自然保护区，每年几百万鸟类组成“飞行编队”，在稻田上空穿梭，声声脆鸣划破云彩，栖息湿地安家，形成“飞时遮尽云和月，落时不见湿地草”的壮观景象。东营因此成为东方白鹳全球最重要繁殖地、黑嘴鸥全球第二大繁殖地，并荣获全球首批“国际湿地城市”美誉。

凭栏远眺，黄河入海时，黄蓝泾渭分明，犹如凡•高笔下的星空色调。黄河落日，红霞漫天，天与地之间，绘就一幅人与自然和谐共生的生态画卷。

回到青岛后，我把手机里拍下的照片一一拿给姨夫看，他戴着老花镜，连连点头，说道：拍得不错，后生可谓！要知道他曾经可是东营市摄影家协会主席，能得到他的认可，我自是内心欣喜万分，嘴角都咧到了耳根。

而后他起身，走向一个橱柜，拿出蒙灰的胶卷相机，说：我还是喜欢胶片，那种感觉好。我知道他说这话时，心底按捺不住一股倔强。他一边擦着相机，一边讲起了开头的那些故事，像翻动一本发黄又清晰的日历。

那天他坐在窗前，逆光之下，我看到了一张剪影。无数奔波于黄海、渤海之间的人们，他们留下了时代奋斗的诗篇，藏在时光盒子里，等待某个瞬间被开启。

窗外涛声依旧，哗哗，哗哗哗，哗哗哗哗——先是一个浪头，后有更多的浪头加入这节拍，那是黄海与渤海间澎湃的对歌。

本文刊发于《时代文学》2024 年第 1 期。

后　记

在《向阳而生》这本书的篇章间，您或许已经随我走过了一段段真实而动人的旅程。我们共同见证了那些在平凡生活中做出非凡事迹的英雄们，他们用行动证明，善良与奉献是人生最美好的注解。

荣获“山东慈善奖”的仲崇辉先生，一位慷慨解囊捐出两千万的华侨，他的善举跨越了海洋，连结了赤子之心。他让我们看到，无论身在何方，家国情怀与责任感永远铭记于怀。

真情巴士18路线的女驾驶员们，她们以细腻的关怀为乘客提供了温馨的乘车环境，将“全国巾帼文明号”的称号诠释得淋漓尽致。她们坚守的不仅是一条公交线路，而且是行驶万里的真情。

全国“最美基层民警”马怀龙警官，他手中的46把钥匙，承载着46个独居困难老人的深厚信任。在他的身上，我们看到了一个基层民警对职业的忠诚和对民众的深情。

“中国好人”吕文强老师，他不仅在教室里传授知识，更在生活中点燃希望之光。他对抗网瘾的努力，让多少家庭重拾欢笑，多少孩子重返正轨。

在土耳其地震现场的青岛红十字搜救队队员，他们不顾自身安危，只为救援更多的生命。他们的勇敢与牺牲，是对人性光辉的最好诠释。

女警孙陶，在《警察特训营》中连续四季夺得神枪手荣誉，她的坚强和毅力，不仅展现了女性的力量，更是警察职业精神的体现。

…………

他们，是我们身边的平凡英雄。他们的故事，是《向阳而生》这本书的灵魂所在。

在此，我要感谢每一位主人公，感谢他们的无私与奉献，让这个世界变得更加美好；感谢他们给予我们的启示和力量。同时，我也要感谢每一位读者，感谢您的陪伴和支持，让这些美好的故事得以传播和延续。

愿我们每个人都能在生活的土壤中扎根，向着阳光生长，成为照亮他人的发光体，用自己的方式为这个世界带来希望、温暖。

2024年1月于青岛